동다송 사경

동다송 사경
東茶頌寫經

초판 1쇄 발행 2021년 10월 14일

지 은 이   박소현 ⓒ 2021
감   수   겸재 전재인

펴 낸 이   김환기
펴 낸 곳   도서출판 이른아침
주   소   경기 고양시 일산동구 정발산로 24 웨스턴타워 업무4동 718호
전   화   031-908-7995
팩   스   070-4758-0887
등   록   2003년 9월 30일 제313-2003-00324호
이 메 일   booksorie@naver.com

ISBN 978-89-6745-126-4 (03810)

동다송 사경
東茶頌 寫經

설화 박소현 지음

이른아침

서문_ '동다송 사경'을 펴내며

1.

우리나라에서 차를 공부하는 사람치고 초의선사(艸衣禪師, 1786~1866)나 그가 지은 『동다송(東茶頌)』을 모르는 사람은 아마 없을 것이다. 원문이든 번역문이든 그 내용 또한 누구나 한 번쯤은 접해보았을 것이다. 쇠퇴한 조선 후기의 우리 차문화를 일거에 중흥시킨 한국의 '다성(茶聖)' 초의선사가 남긴 우리나라의 대표적인 다도 '고전(古傳)'이 바로 『동다송』이라고 널리 알려져 있으니 말이다.

하지만 이런 총평에도 불구하고, 오늘날의 우리가 『동다송』의 참된 가치를 얼마나 충분히 이해하거나 인식하고 있는가에 대해서는 자못 회의적인 생각을 지우기 어렵다. 입으로는 다성이며 고전을 운위(云謂)하고 있지만, 『동다송』의 진정한 가치에 대해서는 여전히 많은 이들이 제대로 인식하지 못하고 있다는 것이 필자의 소견이다. 그렇다면 이런 전반적인 이해의 부족과 그릇된 인식의 확산은 어디에서 기인하는 것일까?

우선 『동다송』 31송 가운데 우리 토산차를 언급한 부분은 겨우 6송에 지나지 않고, 대부분의 내용이며 출전이 모두 『다경』을 비롯한 중국 문헌들에 의존하고 있다는 지적이 있다. 그러니 '우리 차를 노래'한 '우리 고전'의 반열에 오르기에는 과하다는 것이다. 하지만 이는 초의선사를 비롯하여 옛 문인들이 견지한 '술이부작(述而不作)'의 저술 원칙을 도외시한 비판일 뿐이다. 공자가 갈파한 '술이부작'의 원칙이란 역사를 비롯한 인문과학 분야의 글을 지음에 있어서 전고(典故)를 중시하고 자기만의 창작을 지양한다는 원칙이니, 새로운 이론이나 주장에 환호하는 오늘날의 저술 태도와는 사뭇 다른 것이다. 그런데 오늘날의 그것과 다르다고 과거의 철학이나 태도가 잘못된 것이 아님은 물론이다.

초의선사 스스로도 『동다송』의 저술 원칙으로 '고인소전지의근술(古人所傳之意謹述)'을 들었는데, 창작이나 본인의 자의적인 판단이 아니라 고인들이 남긴 기록과 뜻에 충실하게 서술했다는 말이다. 이는 초의선사 당시 유행하던 실학(實學), 혹은 고증학(考證學)의 영향으로 보이며, 그 결과로 『동다송』에는 고인들의 여러 문헌과 시구 등이 다수 인용된 것이다. 참고로 초의선사의 학문적 스승 역할을 했던 다산(茶山)은 우리나라 실학의 완성자요, 절친이었던 추사(秋史)는 우리나라 고증학의 우뚝한 봉우리였다. 초의선사가 술이부작의 저술 태도를 견지한 것은 너무나 당연한 선택이었고, 국경을 넘어 당시 최고의 선진국이자 차의 종주국이던 중국의 신뢰할 만한 문헌들을 위주로 함으로써 『동다송』은 오히려 편협한 시선이나 좁은 소견에서 벗어나 국경과 시대를 초월하는 가치를 획득하게 된 것이라고 볼 수 있다. 또 그런 보편적인 시각에서 우리 차의 우수성을 노래한 것이기에 더욱 신뢰할 수 있고 가치가 있게 된 것이다. 초의선사의 『동다송』에 우리 차 관련 내용이 부족하다거나 초의선사 자신만의 시각이 충분치 않다고 지적하는 것은, 최신 유전공학 관련 논문을 쓰는 과학자에게 미국이나 유럽의 논문을 너무 많이 참조했다고 비판하는 것과 다를 바 없이 어리석은 일이다.

2.

먼저 고백하자면, 필자 역시 오랫동안 『동다송』의 진면목에 다소 어두웠던 것이 사실이다. 그러나 다행히도 『동다송』이 단순한 문학작품이나 어설픈 에세이가 아닐 것이라는 믿음은 유지하고 있어서, 늘 몇 가지 의문들은 가슴에 남아 있었다. 당연히 관련 책자가 발간되면 열심히 사서 읽고, 관련 논문이 나오면 밑줄까지 쳐가며 상세히 공부했다. 한편으로는 『동다송』 원문의 읽고 쓰기를 반복하면서, 간질한 수행자에게 어느 순간 갑자기 깨우침의 비가 내리듯이, 내게도 깨달음의 순간이 번갯불처럼 다가오지 않을까 기대했다. 그러다가 한 권의 책을 만나게 되었다. 겸재(謙齋) 전재인(全在寅) 선생이 쓴 『한국 다도 고전 동다송』(이른아침, 2020)이라는 책이다. 이 한 권의 책으로 그동안

품었던 모든 화두가 단박에 깨어진 것은 아니지만, 궁금증만 키우던 여러 대목을 명확하게 해결할 수 있었다.

인연이 지중했던지, 얼마 지나지 않아 겸재 선생과 직접 대면을 하게 되었는데, 그 장소가 또 하필이면 해남 대흥사의 일지암(一枝庵)이었다. 초의선사가 만년을 보내던 곳이자 『동다송』이 탄생한 우리나라 차의 성지, 그 일지암 말이다. 알고 보니 겸재 선생이 일지암신도회 회장이었던 것.

근자에 일지암 암주를 맡게 된 법강(法剛)스님을 뵈러 일지암에 갔다가 거기서 겸재 선생을 만났고, 『동다송』과 『다신전(茶神傳)』과 초의선사 이야기를 나누느라 우리 세 사람은 한동안 밤낮이 바뀌는 걸 모를 지경이었다. 그렇게 긴 겨울이 가고 봄이 오자 일지암 차밭에도 새싹이 올라왔다.

3.

온 세상이 코로나로 신음하던 2021년 그 봄에, 법강스님과 겸재 선생은 일지암의 모습을 크게 바꾸어놓을 불사 하나를 시작하셨다. 『동다송』에서 초의선사가 그토록 자랑하던 일지암의 유천(乳泉)을 새로 만들기로 한 것이다. 일지암 뒤편에 있던 기존의 샘은 사실 좋은 찻물은 고사하고 생수로 마시기에도 부적합할 정도로 상태가 좋지 않았는데, 무엇보다도 음습한 진흙 사이로 흐르는 물이었기 때문이다. 초의선사가 『다신전』과 『동다송』에서 거듭거듭 강조한 것처럼, 다신(茶神)을 만나는 과정에서 물은 차 못지 않게 중요한 요소다. 그런데 차의 성지 일지암 샘물이 마시기에도 부적합한 물이라는 것이 도저히 용납되지 않는다고 두 분은 생각했던 것이고, 코로나로 사람들의 방문이 뜸해진 틈을 도와서 전격적으로 일을 추진하기로 한 것이다. 서울에서 도서출판 이른 아침의 김환기 대표가 여러 차례 내려와 손을 보탰고, 필자 역시 이 대역사를 옆에서 지켜보며 잔심부름이나마 도울 수 있는 행운을 얻었다.

"다신을 만나려면 좋은 차와 좋은 물이 필수다."

이 단순하고도 어려운 가르침을 실천하기 위해 법강스님과 겸재 선생은 제대로 된 물길을 다시 찾아내고, 그동안 빈터로 남아 있던 자우홍련사(紫竽紅蓮社) 앞마당에 커다란 돌확도 들여놓았다. 4개의 커다란 돌확들은 경북 영천의 보현산 치헌(痴軒)에서부터 날라온 것이라 했고, 인근의 산야를 헤집고 다니며 적당한 돌들을 찾아다가 바닥에 깔 았다. 높고 깊은 산중에서 오로지 두 사람의 인력에만 의존해야 하는 공사여서 난관이 연속되고 공기(工期)도 예상보다 길어졌다. 봄에 시작한 불사는 100여 일이 지난 8월 말 에야 끝이 났다. 그 무렵, 다소 무미건조하게 초록의 잎사귀만 매달고 있던 자우홍련 사 앞의 커다란 배롱나무에 거짓말처럼 빨간 꽃들이 일제히 피어나서 일지암은 삽시 에 꽃대궐을 이루었다. 무더위와 폭우 속에 진행된 대역사를 통해 마침내 천 년의 다 신을 다시 만날 수 있게 된 것이다.

초의선사의 선미(禪味)와 다향(茶香)을 일지암에서 다시 피워올려야 한다는 두 분의 원 력과 구슬땀을 옆에서 묵묵히 지켜보는 동안, 필자는『동다송』과『다신전』의 사경(寫經) 에 매달렸다. 한 글자 한 글자에 담긴 깊은 의미들을 거듭거듭 반추하면서 말이다. 그 러는 와중에 출판사 대표의『동다송』사경 책을 내자'는 의견이 나왔고, 마침내 이 책 의 밑그림이 그려지기 시작했다. 이미 겸재 선생의『한국 다도 고전 동다송』이 나와 있 어서 원문의 해석은 대체로 이에 따르기로 하였고, 핵심적인 주석과 추가 해설 원고만 내가 작성하기로 했다. 이로써『동다송』의 원문과 직역문, 꼭 필요한 해설을 집약한 사 경 안내서로서의 이 책이 나오게 된 것이다. 지도와 감수를 맡아주신 겸재 전재인 선 생, 다도에 대한 진지한 열정이 식지 않도록 경책해주신 일지암의 법강스님, 거친 원 고를 매끈하게 다듬어주신 이른아침 출판사의 유천(乳泉) 김환기 대표께 이 자리를 빌 어 감사의 인사를 전한다.

4.

초의선사는『동다송』저술에 앞서 45세 때인 1830년에『다신전』을 먼저 펴냈는데, 2 년 여의 시간과 공력을 들인 또 하나의 역작이자 우리나라의 대표적인 다도 고전이다. 그 발문에서 선사는 당시의 총림에 조주(趙州)선사의 가풍은 남아 있으나 선승들이 다 도(茶道)를 알지 못하기에 이를 정리한다고 하였다. 말하자면 당시 대선사이자 차의 전 문가가 쓴 우리나라 전통 선다(禪茶)의 교과서와 같은 책이『다신전』이다. 기존의 백과 사전에서 필요한 항목을 그대로 옮겨적은 것일 뿐이라는 폄하는 어불성설이다.『다신 전』의 진면목은 조만간 출간될 겸재 선생의『한국 다도 고전 다신전』을 통해 확인할 수 있을 것으로 여겨진다.

　한편, 초의선사는 52세 되던 1837년에 정조의 사위인 해거도인(海居道人) 홍현주(洪顯周, 1793~1863)로부터 다도(茶道)에 대해 설명을 해달라는 요청을 받는다. 이에 저술한 책이『동다송』이다. 초의선사는 이들 두 책을 남겼을 뿐만 아니라 몸소 차를 만들고 경화사족들에게 유행시킴으로써, 신라와 고려 때 더없이 융성했다가 조선조에 이르러 쇠퇴하고 총림에만 그 흔적이 겨우 남아 있던 우리의 차문화와 다도 전통을 다시 살려냈다. 그가 다성(茶聖)으로 추앙받는 이유다.

　『동다송』은 이처럼 조선 후기의 대선사인 초의스님이 다도와 우리나라 차의 우수성을 노래한 책으로, 차에 대한 스님의 해박한 지식과 경험에 근거한 이론들이 잘 정리되어 있다. 전체적으로 총 31송(頌)이며, 각 송마다 차에 관한 옛사람들의 설명이나 시 등을 인용하였다. 본문은 총 68구에 494자로 구성되었고, 여기에 주(註) 1,778자가 추

대흥사 동다송비의 담장
담장에 찻잎 모양으로 수를 놓고 茶道(다도) 두 글자를 새겼다
대흥사와 일지암은 초의스님이 깨우쳐주신 다도의 정수를 만날 수 있는 곳이다

가되었다. 또 표제 21자와 백파거사(白坡居士)가 붙인 찬시 33자도 함께 묶여 있다. 모두를 합하면 총 2,326자이다.

5.

　초의선사가 일지암에서 피워올리던 차의 색향기미는 구체적으로 어떤 것이었을까. 대선사를 직접 뵙지 못하게 된 불행한 시대의 후학들은『다신전』과『동다송』을 통해 장님 코끼리 만지듯 더듬어볼 따름이다. 그 길에서 꼭 필요한 일 가운데 하나가『동다송』을 반복하여 읊조리고 써보는 일이라고 필자는 믿는다. 이 책이 그 일에 작은 길잡이 역할이라도 할 수 있으면 좋겠다. 감수를 거치고 여러 차례 교정을 보았지만, 더러 부족한 부분이 보일 수도 있겠다. 공이든 과든 모두 필자의 몫이다. 모쪼록 독자들의 혜량과 질정을 기대한다.

6.

앞서 소개한 일지암 유천의 재탄생 과정을 몇 장의 사진을 통해 이 책에 기록으로 남겨두고자 한다. 또 독자들이 『동다송』의 체제와 핵심 주제를 한눈에 파악할 수 있도록 구성표도 하나 실었는데, 이는 『한국 다도 고전 동다송』에서 그대로 옮겨온 것임을 밝혀둔다.

2021년 9월 중추에

설화(䇳花) 박소현 합장

차 례

대흥사 경내에 세워진 〈동다송비〉 앞의 필자와 감수자 겸재 선생

사진으로 보는
일지암 유천 탄생기

하늘에서 본 일지암

찻잎이 돋아날 무렵, 신록에 쌓인 일지암이다.
좌측의 초가가 일지암이고 그 뒤편 음지에 기존 찻샘이 있었다.

입제

본격적인 공사에 앞서 유천 만들기의 시작을 고하는
간단한 제를 자우홍련사 앞에서 올렸다. 돌확 들어설
자리다. 2021년 7월 13일.

터 다지기

공사 초반의 터 만들기 과정이다. 중앙이 겸재 선생. 좌측은 김환기 대표. 겸재 선생은 일지암 유천 공사를 발의하고, 시공하고, 비용을 대고, 마무리했다. 김 내뵤는 법강스님에게 유천이라는 다호를 선물로 받았다.

무지개

새로 찾아 연결한 수로를 타고 내려온 물이 하늘로
솟구치자 석양빛에 무지개가 선명하다. 무지개 뒤로
배롱나무가 보이는데 아직은 잎사귀들만 푸르다. 필
자의 망중한.

돌확 설치

멀리 영천에서부터 실어온 돌확 4개가 자리를 잡자 유천의 위용이 서서히 드러난다.

바닥 공사

돌확 주변 바닥을 크고 납작한 돌들로 채우는 마지막 공정이다. 마침내 배롱나무에 꽃이 피기 시작했다.

완공 직전

바닥이 다 채워져 갈 무렵, 석양 속에 배롱나무꽃이 만개했다. 돌확 바닥에 설치된 호스에서 물이 솟고 있다. 우리나라 차의 성지 일지암은 무엇보다 아름다운 절집이다.

새로 탄생한 일지암 유천

자우홍련사 앞마당에 일지암의 새로운 명물이 탄생했다. 최고의 찻물이 끊임없이 솟아나는 우리나라의 대표 찻샘이 될 것이다. 물맛이 참으로 달아서, 초의선사의 자랑이 허언이 아님을 알 수 있다. 이 공사의 시작부터 마무리까지, 새로 만들어진 유천 가운데 일지암주 법강스님의 손길이 미치지 않은 구석이 없다.

『동다송』의
구성과 핵심주제

『동다송』의 구성과 핵심 주제

송(頌)	송의 주제	구(句)	구의 주제	주(註)의 인용처
1 (69자)	차나무	6	차나무의 덕을 귤나무에 짝지웠다 자라는 위치 찻잎의 특징 개화 시기 꽃잎의 색 꽃의 암술과 수술, 씨방의 색	귤송 다경
2 (43자)	차나무 가지와 잎	2	이슬은 벽옥 같은 가지를 깨끗이 씻었고 아침 안개는 작설 같은 잎을 흠뻑 적셨다	이태백 시
3 (35자)	차의 역사	3	천선인귀 모두 차를 좋아했고 차 성품이 아주 특이하다 사람을 건강하게 장수하도록 한다	식경 다경
4 (67자)	차 이름의 유래	1	제호 감로는 옛날부터 있었다	다경
5 (27자)	효능	1	해독작용과 소면효과가 있다	이아 광아
6 (30자)	음다	1	제나라 안영의 음식에는 차가 있었다	다경
7 (133자)	신선이 차를 주었다	2	우홍은 단구자를 만나 차를 얻었고 진정은 털보 신선을 만나 차를 얻었다	다경
8 (100자)	헌다	1	무덤 속 귀신도 헌다에 보답하였다	다경
9 (33자)	차가 으뜸	1	모든 음식 중에서 차가 으뜸이다	다경
10 (45자)	효능	1	수문제의 두통을 차가 치료했다	사고전서
11 (33자)	차 이름 탄생	1	경뇌협과 자용향이란 차 이름이 생겼다	사고전서
12 (33자)	당나라 음식중에서 차	2	당의 식탁엔 진수성찬이 가득하지만 공주의 상에는 오직 자영차만이 최고다	두양잡편
13 (21자)	중국 제다법	2	제다법으로 만든 것은 두강이고 맛있는 차를 준영이라 한다	다경
14 (59자)	중국의 떡차	2	용봉단차 만금으로 떡차 백 개를 만든다	선화북원공다록 소동파 시
15 (37자)	점염실진(點染失眞)	2	차는 진색, 진향을 스스로 갖춘다 한 번 오염되면 그 진성을 잃는다	만보전서
16 (60자)	중국차의 재배	4	도인은 좋은 차를 얻고자 하여 몽정산에서 차 재배를 시작하여 좋은 차 다섯 근을 만들어 진상했다 그 이름이 길상예와 성양화다	다보
17 (118자)	중국차의 생산지	2	설화와 운유차는 향기로움을 서로 다투고 쌍정차와 일주차는 홍주와 절강에서 난다	소동파 시

송(頌)	송의 주제	구(句)	구의 주제	주(註)의 인용서
18 (57자)	중국차와 물	2	건양 단산은 물의 고장이고	돈재한람
			운감차와 월간차는 품질이 좋은 차다	
19 (92자)	동국차의 특징	4	우리나라에서 생산되는 차는 원래 그 근본이 서로 같다	동다기
			색과 향과 맛이나 효능도 한가지다	
			육안차는 맛, 몽산차는 약효가 좋다	
			동국차는 이 두 가지를 겸하고 있다	
20 (49자)	차의 효능	2	늙은이를 젊고 건강하게 하며	이태백 시
			팔십 노인을 장수하게 한다	
21 (145자)	일지암 유천	2	유천으로 수벽탕과 백수탕을 끓여서	십육탕품
			목면산의 해거도인에게 드리고 싶다	
22 (155자)	구난과 사향	1	구난과 사향은 현묘해야 얻을 수 있다	다경 다신전
23 (87자)	운상원	1	칠불사의 차생활	
24 (106자)	중국차의 진상품	3	구난과 사향이 온전하고	군방보
			맛이 좋아야 궁궐에 진상할 수 있고	
			취도 녹향을 마시면 마음 깊이 스며든다	
25 (21자)	동국차의 특징	2	총명하여 사방으로 체하거나 막힘이 없다	
			뿌리는 신성한 지리산에 내렸다.	
26 (116자)	동국차의 특징	3	동국에 토착화하여 풍모와 기골이 다르다	다경
			녹아와 자순은 바위를 뚫고 자란다	
			떡차의 주름은 구불구불하며 물결무늬다	
27 (117자)	지리산의 환경	2	밤이슬이 찻잎을 흠뻑 젖게 하여	다신전 소동파 시
			차 향기가 좋다	
28 (101자)	중정	2	중정의 현묘함은 나타내기 어렵고	다신전
			차와 물은 둘이 아니다	
29 (166자)	중정	2	물과 차가 온전해도 중정을 잃으면 안 되며	다신전
			중정으로만 성분과 효능을 얻는다	
30 (38자)	차의 효능	2	차 한 잔 마시면 기운이 생기고	진간재 다시
			몸이 건강하다	
31 (79자)	도인의 찻자리	6	밝은 달은 촛불이며 벗이다	다신전
			흰 구름을 방석과 병풍으로 한다	
			대나무와 솔바람 시원하여	
			맑은 기운이 가슴속에 스며들며	
			오직 흰 구름과 명월을 두 손님으로 한다	
			도인의 찻자리는 독철왈신(獨啜曰神)이다	
		31송 68구 총 2,272자		

동다송 사경
(제1송~31송)

后皇嘉樹配橘德受命不遷

生南國蜜業鬪霜寶貫冬青素

花濯霜發秋榮姑射仙子粉

肌潔闌浮檀金勞心結如爪　　樹

蔔葉如桄子花如白薔薇心

黃如金當秋開花清香隱然

后	皇	嘉	樹	配	橘	德
임금 후	임금 황	아름다울 가	나무 수	짝지을 배	귤나무 귤	큰 덕

후황(천지의 신)이 아름다운 차나무에 귤나무의 덕을 짝지우니

后	皇	嘉	樹	配	橘	德
后	皇	嘉	樹	配	橘	德

• 后皇(후황) 황천후토(皇天后土)의 줄인 말. 즉 천지(天地)의 신(神)

• 嘉樹(가수) 아름다운 나무. 천성이 지극히 깨끗한 차나무를 이름.
  육우(陸羽)는 『다경(茶經)』 '일지원(一之源)'에서 "차자(茶者) 남방지가목야(南方之 嘉木也)"라 하였다.

• 橘(귤) 굴원(屈原)은 〈귤송(橘頌)〉에서 귤나무를 남쪽의 아름다운 나무라 하였음. 차나무와 귤나무의 덕을 짝지웠다 함은, 차나무가 그 자체로 아름다울 뿐더러 귤나무의 덕까지 갖추었다는 의미.

受	命	不	遷	生	南	國
받을 수	목숨 명	아니 불	옮길 천	날 생	남녘 남	나라 국

명을 받아 옮기지 않고 남국에서 사네

受	命	不	遷	生	南	國
受	命	不	遷	生	南	國

• 生(생) 살다 혹은 태어나다. 여기서는 남국에서 나고 자람의 의미.

密	葉	鬪	霰	貫	冬	靑
빽빽할 밀	잎 엽	싸움 투	싸라기눈 산	꿰뚫을 관	겨울 동	푸를 청

빽빽한 잎은 싸락눈 이겨내어 겨우내 푸르고

密	葉	鬪	霰	貫	冬	靑
密	葉	鬪	霰	貫	冬	靑

- 鬪霰(투산) 싸락눈과 싸워 이김.
- 貫冬(관동) 겨울을 관통하여. 겨우내.

제1송 제4구 (4句)

素	花	濯	霜	發	秋	榮
흴소	꽃화	씻을 탁	서리 상	필발	가을 추	꽃영

흰 꽃은 서리에 씻기고 가을꽃 피운다네

素	花	濯	霜	發	秋	榮
素	花	濯	霜	發	秋	榮

- 濯霜(탁상) 서리에 씻김. 혹은 서리를 이겨냄.
- 發秋榮(발추영) 가을꽃을 피움.

姑	射	仙	子	粉	肌	潔
시어머니 고	산이름 사	신선 선	어조사 자	가루 분	피부 기	깨끗할 결

(꽃잎은) 막고사산(藐姑射山) 신선의 분 바른 살결처럼 깨끗하고

姑	射	仙	子	粉	肌	潔
姑	射	仙	子	粉	肌	潔

• 姑射山子(고사선자) 『장자(莊子)』의 '소요유(逍遙遊)'편에 나오는 산시성 막고사산(藐姑射山)의 신선.

• 분기결(粉肌潔) 분 바른 살결처럼 깨끗함.

閻	浮	檀	金	芳	心	結
이문 염	뜰 부	박달나무 단	쇠 금	꽃다울 방	마음 심	맺을 결

염부단의 사금 같은 (황금색) 꽃술 맺힌다네

閻	浮	檀	金	芳	心	結
閻	浮	檀	金	芳	心	結

- 閻浮檀金(염부단금) 염부단(閻浮檀)은 산스크리트어 잠부(jambu)나다(nada)의 음사. jambu는 나무 이름이고 nada는 강을 뜻하며, 염부단금은 염부나무 숲 사이로 흐르는 강에서 나는 사금(砂金)을 말한다. 인도 신화에 따르면 이 금은 적황색에 자줏빛 윤이 난다고 한다.
- 芳心(방심) 꽃술. 차꽃의 암술과 수술을 이른다. '염부단금 방심결'을 직역하면 '염부단 사금처럼 꽃술이 맺힌다'는 말이며, 이는 차꽃 꽃술의 황금색을 묘사한 것이다.

茶樹如瓜蘆 葉如梔子
다 수 여 과 로 엽 여 치 자

"차나무는 과로나무와 같고, 잎은 치자와 같다.

花如白薔薇 心如黃金
화 여 백 장 미 심 여 황 금

꽃은 백장미와 같고, 꽃술은 황금과 같다.

當秋開花 淸香隱然云
당 추 개 화 청 향 은 연 운

가을에 개화하며 맑은 향기가 은은하다"고 하였다.

流沅凝澈清碧若玉條朝霞舍

開翠龕古寺　李白云荊州玉泉

青溪諸山有岩

州羅生枝業如碧玉玉泉真

云常采馭

沆	瀣	漱	淸	碧	玉	條
괸 물 항	이슬기운 해	씻을 수	맑을 청	푸를 벽	옥 옥	가지 조

이슬은 벽옥 같은 가지를 맑게 씻어내고

沆	瀣	漱	淸	碧	肌	條
沆	瀣	漱	淸	碧	肌	條

• 沆瀣(항해) 이슬

朝	霞	含	潤	翠	禽	舌
아침 조	노을 하	머금을 함	젖을 윤	비취색 취	날짐승 금	혀 설

아침 안개는 작설(雀舌) 같은 푸른 잎을 흠뻑 적신다네

朝	霞	含	潤	翠	禽	舌
朝	霞	含	潤	翠	禽	舌

• 翠禽舌(취금설) 비취색 새의 혀. 비취색은 찻잎의 연초록을 말하고, 금설은 작설(雀舌, 참새 혀)과 같은 말로 찻잎의 모양을 형용한 것이다. '취'는 찻잎의 색, '금설'은 찻잎의 모양을 묘사한 것이다. 새가 비취색이라거나 그 혀가 비취색이라는 말이 아니다.

李白云 荊州 玉泉寺 淸溪諸山 有茗艸羅生
이 백 운 형 주 옥 천 사 청 계 제 산 유 명 초 라 생

이태백 시에 "형주 옥천사에는 맑은 계곡의 산에 차나무가 널리 야생하고 있다.

枝葉如碧玉 玉泉眞公常采飮
지 엽 여 벽 옥 옥 천 진 공 상 채 음

가지와 잎은 벽옥과 같다. 옥천사의 진공스님은 늘 이 찻잎을 채취하여 마셨다"고 하였다.

- 李太白(이태백, 701~762) 당나라 시선(詩仙).
- 荊州(형주) 지금의 후베이성(湖北省).
- 玉泉寺(옥천사) 호북성 당양시 옥천산에 있는 절.

天仙人鬼俱愛重知爾為物

試奇絕炎帝曾嘗載食經　炎帝

食經云茶茗久服人有力悅

天	仙	人	鬼	俱	愛	重
하늘 천	신선 선	사람 인	귀신 귀	함께 구	사랑 애	거듭 중

하늘 신선 사람 귀신이 모두 아끼고 사랑하나니

天	仙	人	鬼	俱	愛	重
天	仙	人	鬼	俱	愛	重

• 愛重(애중) 애지중지(愛之重之).

제3송 제2구 (10句)

知	爾	爲	物	誠	奇	絶
알 지	너 이	할 위	물건 물	정성 성	기이할 기	뛰어날 절

너의 물건됨이 참으로 기이하고 뛰어남을 알겠구나

知	爾	爲	物	誠	奇	絶
知	爾	爲	物	誠	奇	絶

炎	帝	曾	嘗	載	食	經
불탈 염	임금 제	일찍 증	맛볼 상	실을 재	먹을 식	책 경

염제(炎帝)가 일찍이 맛보고 『식경(食經)』에 실었다네

炎	帝	曾	嘗	載	食	經
炎	帝	曾	嘗	載	食	經

- 炎帝(염제) 신농(神農, BC 28세기~). 중국 차문화의 시조로 고대 중국 신화에 나오는 불의 신이자 농사의 신이며 삼황(三皇)의 한 사람이다.
- 食經(식경) 염제 신농이 지었다는 식생활의 경전(經典).

炎帝食經云
염 제 식 경 운

염제의 『식경』에 말하였다.

茶茗久服 令人有力悅志
다 명 구 복 영 인 유 력 열 지

"차를 오래 마시면 사람이 힘이 있고 마음이 즐겁다."

염제 신노의 상

醍醐甘露舊傳名　王子尚詩

雲齋道人

于八公山道人設茶茗子尚

味之曰此甘露也羅大經瀹

湯詩松風檜雨到來初急引

銅甁難吹爐待得聲聞俱寂

一甌春雪勝醍醐

제4송 제1구 (12句)

醍	醐	甘	露	舊	傳	名
정순한우락제	정순한우락호	단 감	이슬 로	옛 구	전할 전	이름 명

제호(醍醐)와 감로(甘露)는 예부터 전하는 이름이라네

醍	醐	甘	露	舊	傳	名
醍	醐	甘	露	舊	傳	名

- 醍(제) 정순(精醇)한 우락(牛酪), 맑은 술, 불그레한 술. 우락은 버터(butter).
- 醐(호) 정순(精醇)한 우락, 제호.
- 醍醐(제호) 우유를 숙성시켜 만드는 최상의 유제품으로 락(酪), 생수(生酥), 숙수(熟酥) 다음으로 마지막에 나오는 것이 제호(醍醐)다. 제호는 우유를 거듭 정제하고 숙성시켜 만든 가장 정묘하고 순수한 상태로, 오미(五味) 중에서 최상의 맛을 상징한다.
- 甘露(감로) ①달콤한 이슬(옛 중국에서 천하가 태평할 때 하늘에서 내렸다 함). ②생물에게 이로운 이슬. ③[佛] 도리천(忉利天)에 있다는 달콤하고 신령스러운 액체. ④여름에 단풍나무나 떡갈나무 잎에서 떨어지는 달콤한 액즙.

王子尙 詣曇齋道人 于八公山 道人設茶茗
왕 자 상 예 담 재 도 인 우 팔 공 산 도 인 설 차 명

왕(王)자상(子尙)이 팔공산으로 담재도인(曇齋道人)을 찾아갔더니 도인이 차를 대접하였다.

子尙味之 曰 此甘露也
자 상 미 지 왈 차 감 로 야

자상이 차를 맛보고 "이것이 감로구나"라고 하였다.

羅大經 瀹湯詩
나 대 경 약 탕 시

나대경의 약탕시(詩)에

松風檜雨 到來初 急引銅瓶 離竹爐
송 풍 회 우 도 래 초 급 인 동 병 이 죽 로

"물 끓이는 탕관에서 소나무에 스치는 바람 소리와 전나무에 내리는 빗소리가 들리면 급히 동병을 화로에서 내려

待得聲聞 俱寂後 一甌春雪 勝醍醐
대 득 성 문 구 적 후 일 구 춘 설 승 제 호

송풍과 회우가 들리지 않기를 기다린 후에 뜸이 잘 든 찻물로 춘설차 한 잔을 마시니 제호보다 좋다"라고 하였다.

제5송

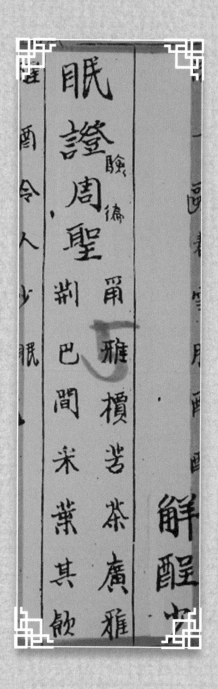

解	醒	少	眠	證	周	聖
풀 해	숙취 정	적을 소	잠잘 면	증거 증	두루 주	성인 성

숙취(宿醒)를 풀어주고 잠을 쫓아주는 것은 주나라 성인이 증명하였고,

解	醒	少	眠	證	周	聖
解	醒	少	眠	證	周	聖

- 解(해) 원문에는 '鮮(해)'로 되어 있다. '解(풀 해)'의 속자.
- 周聖(주성) 고대 주(周)나라 성인. 곧 주공(周公, 약 BC 1100~미상)으로, 성은 희(姬)요 이름은 단(旦)이며, 주나라 창건에 기여하고 관제(冠制)와 문물(文物)을 완비하였다.

爾雅 檟苦茶
이 아 가 고 다

『이아(爾雅)』라는 책에 "가(檟)는 쓴맛의 차"라 하였다.

廣雅 荊巴間 採葉其飲醒酒 令人少眠
광 아 형 파 간 채 엽 기 음 성 주 영 인 소 면

『광아(廣雅)』에는 "형주와 파주 사이에서 찻잎을 따서 (차로) 마시는데, 술을 깨고 하고 사람에게 잠이 적게 한다"고 하였다.

- 『爾雅(이아)』 주공(周公)이 쓴 천문지리, 음악, 초목, 조수 등과 관련된 고금의 문자를 설명한 책.
- 『廣雅(광아)』 삼국시대 위(魏)나라 사람 장읍(長揖)이 『이아(爾雅)』의 내용을 증보(增補)한 책.
- 荊(형) 현주(荊州). 호북성(湖北省)의 서부 지역.
- 巴(파) 파주(巴州). 사천성(四川省)의 동부 지역.
- 令(령) 하여금 령(영). 영인(令人)은 '사람으로 하여금'의 뜻.

脫	粟	伴	菜	聞	齊	嬰
벗을 탈	조 속	짝 반	나물 채	들을 문	같을 제	갓난아이 영

거친 밥, 차나물 반찬은 제(齊)나라 안영(晏嬰)에게 들었다네

脫	粟	伴	菜	聞	齊	嬰
脫	粟	伴	菜	聞	齊	嬰

• 탈속(脫粟) 겉껍질만 벗긴 거친 현미밥. 조, 오곡의 총칭, 벼, 찧지 아니한 곡식.

晏子春秋
안 자 춘 추
『안자춘추』라는 책에

嬰相齊景公時
영 상 제 경 공 시
"안영(晏嬰)이 제(齊)나라 경공(景公) 당시 재상으로 있을 때

食脫粟飯 炙三戈 五卵 茗菜而已
식 탈 속 반 구 삼 과 오 란 명 채 이 이
겉껍질만 벗긴 거친 밥에 구운 고기 세 꼬치와 새알 다섯 개와 차나물만 먹
었다"고 하였다.

• 晏子春秋(안자춘추)   안영(晏嬰)의 언행을 후세 사람들이 적은 책 이름.

• 제경공(齊景公)   제(齊)나라 임금 경공(景公, BC 547~490)

橘以遺精〻怖負茗而敁

茗而去俄而復還乃探懷中

長丈夾縣引精至山下示以藜

八武昌山中採茗遇一毛人

八山常撲大茗宣城人秦精

餘之篩乞相遺也因奠祀後

大茗可相给祈子他日有甌

子善具歙常惠惠見山中有

至布瀑山曰予丹邱子也聞

茗遇一道士牽三青牛引洪

仙示裝引秦精 虞洪八山采

神異記 餘姚

虞洪蠻籤乞丹邱

茗菜

而已

虞	洪	薦	犧	乞	丹	邱
헤아릴 우	큰물 홍	천거할 천	희생 희	빌 걸	붉을 단	언덕 구

우홍(虞洪)은 (차를) 구걸하는 단구자에게 제(祭)를 올렸고

虞	洪	薦	犧	乞	丹	邱
虞	洪	薦	犧	乞	丹	邱

- 丹邱(단구) 단구(丹丘)와 같은 말로, 단구라는 이름의 땅에 산다는 신선 단구자 (丹邱子)를 가리킴.
- 乞丹邱(걸단구) '걸(乞)'은 단구자가 차를 달라고 했으므로 붙은 관형어로, '걸단 구'는 '(차를) 구걸한 단구자'의 의미. 우홍이 단구자에게 구걸한 것으로 보는 해 석이 있으나, 단구자가 우홍에게 차를 구걸한 것이다.

제7송 제2구 (16句)

毛	仙	示	藂	引	秦	精
털 모	신선 선	보일 시	총	끌 인	나라이름 진	자세할 정

모선(毛仙)은 진정(秦精)을 이끌어 (차나무) 숲을 보여주었지

毛	仙	示	藂	引	秦	精
毛	仙	示	藂	引	秦	精

- 毛仙(모선) 수염이 긴 신선.
- 藂(총) 대체로 藂(잔풀 총)으로 본다. 본래 음은 '구'이나 '총'으로도 읽는다.

제7송 주(註)

神異記
신 이 기

(前漢의 설화 책인) 『신이기(神異記)』에,

餘姚 虞洪 入山採茗 遇一道士 牽三青牛
여요 우홍 입산채명 우일도사 견삼청우

여요(餘姚) 사람 우홍(虞洪)이 산에 들어가 차를 따다가 우연히 푸른 소 세 마리를 거느리는 도사를 만났는데

引洪至布瀑山 曰 予 丹邱子也
인홍지포폭산 왈 여 단구자야

우홍을 데리고 폭포산(瀑布山)에 이르자 말하기를, "나는 단구자(丹丘子)라 하오.

聞 子善具飮 常思見 惠山中有大茗 可相給
문 자선구음 상사견 혜산중유대명 가상급

듣자 하니 그대가 마실 것을 잘 갖춘다기에 항상 만나기를 생각했소. 혜산 에는 큰 차나무가 있으니 가히 서로 넉넉할 것이오.

祈子 他日有甌犧之餘 乞相遺也
기자 타일유구희지여 걸상유야

그대에게 바라건대 다음에 차 올릴 때 여유가 있다면 나에게도 남겨주길 바 라오"라 하였다.

囚奠祀後 入山常獲大茗
인 전 사후 입산상획대명

이 인연으로 (신선에게 차로) 제사를 지낸 후 산에 들어가면 항상 많은 차를 채취하였다.

宣城人秦精 入武昌山中採茗
선 성 인 진 정　입 무 창 산 중 채 명

『속수신기(續搜神記)』에 진무제(晉武帝)때] 선성(宣城) 사람 진정(秦精)이 무창산
(武昌山)에서 차를 채취하다가

遇一毛人 長丈餘 引精至山下 示以叢茗而去
우 일 모 인　장 장 여　인 정 지 산 하　시 이 총 명 이 거

수염이 많고 키가 매우 큰 신선을 만났는데, 진정을 안내하여 산 아래 (차나
무) 숲을 보여주고 돌아갔다,

俄而復還 乃探懷中橘以遺精 精怖 負茗而皈
아 이 복 환　내 탐 회 중 귤 이 유 정　정 포　부 명 이 귀

그런데 갑자기 다시 와서 품에서 귤을 꺼내어 진정에게 주었다. 진정은 놀
라서 차를 등에 짊어지고 돌아왔다.

• 續搜神記(속수신기)　『수신기(搜神記)』는 진(晉)나라의 역사를 간보(干寶)가 지은 소설집으로, 주
　로 귀신, 영혼, 신선, 점복(占卜), 기현상, 흉조 따위의 신기한 고사를 기록한 책이다. 이 『수신기』
　의 뒤를 이어 도연명(陶淵明)이 지은 책이 『속수신기(續搜神記)』이다. 여기에 진정(秦精)과 모선
　(毛仙)의 이야기가 실려 있다.

渚壤不惜謝萬錢　兗判縣向

二子賽居好歙茶茗皂中有

古冢每歙輒光祭之二子曰

之毋禁兩业其夜夢一人云

古冢何知徒勞入意歙挺去

吾业此二百年雖獅子常歙

兒致賴相保護反享佳茗雖

渚壞朽骨豈忘翳桑之報反

曉於庭中復錢十萬

務妻少其

潜	壤	不	惜	謝	萬	錢
지맥질할 잠	흙 양	아니 불	아낄 석	사례할 사	일만 만	돈 전

땅속에 묻힌 귀신도 (차를 대접받고) 만전(萬錢)을 사례하기를 아끼지 않았다네.

潜	壤	不	惜	謝	萬	錢
潜	壤	不	惜	謝	萬	錢

• 潜壤(잠양) 잠양후골(潜壤朽骨)의 준말. 땅에 묻힌 귀신. 앞의 7송에서는 '신선'
들이 차를 좋아함을 말하였고, 여기 8송에서는 '귀신'도 차를 사랑함을 고사를 들
어 설명한다.

제8송 주(註)

異苑 剡懸 陳務妻 少與二子寡居 好飲茶茗
이 원 섬 현 진 무 처 소 여 이 자 과 거 호 음 다 명

『이원(異苑)』이란 책에, 섬현에 사는 진무의 아내가 젊어서 과부가 되었는데
두 아들과 살면서 차 마시는 것을 좋아했다.

宅中有古塚 每飲輒先祭之
택 중 유 고 총 매 음 첩 선 제 지

집안에 옛 무덤이 있어서 차를 마실 때마다 늘 먼저 무덤에 차를 올렸다.

二子曰 古塚何知 徒勞人意 欲掘去之 母禁而止
이 자 왈 고 총 하 지 도 로 인 의 욕 굴 거 지 모 금 이 지

두 아들이 말하기를 "옛 무덤이 무엇을 알겠습니까? 부질 없는 수고입니다"
라면서 무덤을 파헤치려 하자 어머니가 만류하여 훼손하지 못하게 하였다.

其夜夢一人云 吾止此三百年餘 卿子 常欲見毀
기 야 몽 일 인 운 오 지 차 삼 백 년 여 경 자 상 욕 견 훼

그날 밤 꿈에 어떤 사람이 나타나 "나는 여기서 삼백여 년을 묻혀 있었소.
당신의 두 아들이 항상 무덤을 헐고자 하였는데

賴相保護 又 享佳茗 雖潛壤朽骨 豈忘翳桑之報
뢰 상 보 호 우 향 가 명 수 잠 양 후 골 기 망 예 상 지 보

(당신이) 보호해 주고 또한 좋은 차까지 주었소. (내가) 비록 땅속에 묻힌 썩
은 뼈이지만, 예상(翳桑)의 은혜를 어찌 잊으리오"라고 하였다.

及曉於庭中 獲錢十萬
급 효 어 정 중 획 전 십 만

새벽에 뜰에서 십만 냥을 얻었다.

- 異苑(이원) 남송(南宋) 송문제 3년(420)에 지은 요괴담(妖怪談) 책.
- 剡懸(섬 현) 절강성에 있는 현.
- 徒勞人意(도로인의) 여기서 도(徒)는 '헛되이, 보람없이'의 뜻이다. 따라서 도로(徒勞)는 '헛수고'의 의미이고, 도로인의(徒勞人意)는 '사람의 뜻이 헛된 노력이 될 뿐이다'라는 말이다.
- 翳桑之報(예상지보) 『춘추좌전』에 실린 고사. 진나라 대부 조순(趙盾)이 예상이란 곳에서 굶어 죽게 된 영첩(靈輒)과 그 어미를 구해주었는데, 나중에 조순이 사형을 당하게 되었을 때, 관군이 되어 있던 영첩이 창을 거꾸로 들고 그를 찔러 몰래 살려주었다고 한다.

鼎食獨稱冠六情

樓詩具食 張孟陽

隨時進百和妙具殊芳 開皇

茶冠六情溢味播九區

鼎	食	獨	稱	冠	六	淸
솥 정	밥 식	홀로 독	일컬을 칭	갓 관	여섯 육	맑을 청

모든 음식 가운데 홀로 육청(六淸)의 으뜸이라 칭하네.

鼎	食	獨	稱	冠	六	淸
鼎	食	獨	稱	冠	六	淸

• 鼎食(정식) 귀인과 부자들의 음식. 오정식은 쇠고기[牛], 양고기[羊], 돼지고기 [豕], 생선[魚], 사슴고기[鹿]이다. 여기서는 모든 음식.

• 六淸(육청) 여섯 가지 좋은 음료를 말하며, 관육청(冠六淸)은 '육청 중의 으뜸'이 라는 말이다. 원문의 六情(육정)은 六淸(육청)의 오기.

長孟陽 登樓詩
장 맹 양 등 루 시
장맹양이 지은 〈등루〉시에

鼎食隨時進 百和妙且穗
정 식 수 시 진 백 화 묘 차 수
"제후(諸侯)들의 상차림에 산해진미 가득하고 온갖 요리 그 맛이 절묘하고
뛰어난데,

芳茶冠六淸 溢味播九區
방 다 관 육 청 일 미 파 구 구
향기로운 차는 모든 음료의 으뜸이니, 넘치는 맛은 천하에 퍼지네"라고 하
였다.

- 長孟陽(장맹양) 서진(西晉) 무제(武帝, 재위 263~290) 때의 문인.
- 登樓詩(등루시) 〈등성도백토루(登城都白兎樓)〉라는 시. 성도(城都)의 백토루(白兎樓)에 올라 지
  은 시로, 백토루는 촉나라 도읍(지금의 사천성)을 한눈에 내려다볼 수 있는 누각.
- 百和(백화) 온갖 맛있는 진수성찬(珍羞盛饌).
- 妙且殊(묘차수) 묘하고 또 뛰어나다.
- 九區(구구) 후한(後漢) 제1대 세조(世祖) 광무황제(光武皇帝, 재위 24~57) 때 천하를 아홉으로
  나눈 것. 온 세상, 천하의 뜻.

醫腦傳異事

茶屉六情溢味播九區　開皇

醫腦傳異事　隋文帝微時夢神易其腦骨自

甫痛息遇一僧云山中茗草可治帝服之有效於是天下

始知茶

雷笑茸香取次生　林

欤茶　唐覺

開	皇	醫	腦	傳	異	事
열 개	임금 황	치료할 의	머리 뇌	전할 전	기이할 이	일 사

수(隨)나라 문제(文帝)의 두통을 (차로) 치료한 신기한 일 전하고

開	皇	醫	腦	傳	異	事
開	皇	醫	腦	傳	異	事

- 개황(開皇) 개국황제(開國皇帝). 수(隨)나라 문제(文帝, 재위 581~604년)를 말한다.
- 醫腦(의뇌) : 뇌를 고침. 곧 두통을 치료함.
- 異事(이사) : 신이한 일, 곧 차가 수문제의 두통을 고친 일.

隋文帝 微時夢 神易其腦骨 自爾痛
수 문 제 미 시 몽 신 역 기 뇌 골 자 이 통

수나라 문제가 황제가 되기 전에 꿈을 꾸었는데, 귀신이 그의 뇌를 바꾸었다. 이때부터 앓게 되었다.

忽遇一僧云 山中茗草可治 帝服之有效
홀 우 일 승 운 산 중 명 초 가 치 제 복 지 유 효

홀연히 한 스님을 만났는데 말하기를, "산중 명초(茗草)가 치료할 수 있다"고 하여 문제가 그것을 마셨더니 효험이 있었다.

於是天下 始知飲茶
어 시 천 하 시 지 음 다

이로부터 천하가 처음으로 음다를 알게 되었다.

- 微時(미시) 황제로 등극하기 전
- 自爾(자이) 이때부터

始知

歇茶

僧志崇製茶三品鷟。鷟

自奉曰雷笑茸香取次生

林寺

唐饗

書草帶供佛崇茸香待客一

雷	笑	茸	香	取	次	生
우레 뇌	웃을 소	녹용 용	향기 향	취할 취	버금 차	날 생

뇌소(雷笑)와 용향(茸香)이란 차가 차례로 나왔네.

雷	笑	茸	香	取	次	生
雷	笑	茸	香	取	次	生

• 雷笑(뇌소), 茸香(용향) 차의 이름.

唐 覺林寺 僧志崇 製茶三品
당 각림사 승지숭 제 다 삼 품

당나라 각림사 지숭 스님이 세 종류의 차를 만들어

驚笑自奉 萱草帶供佛 柴茸香待客云
경 소 자 봉 훤 초 대 공 불 시 용 향 대 객 운

'경소(驚笑)차는 스님이 드시고, 훤초대(萱草帶)는 부처님께 공양하고, 자용
향(柴茸香)은 손님에게 대접했다'고 한다.

- 僧志崇(승지숭) 대체로 '승려 지숭'이라고 본다. 그러나 이렇게 해석하면 이 구절의 마지막 글
  자인 '운(云)'의 주어가 없으므로, 『승지』라는 기록'에 의하면, '숭(崇) 스님은'이라고 보기도 한다.
  이렇게 읽으면 마지막 '운(云)'의 주어는 '승지'라는 기록물이 된다.

- 驚笑(경소)~待客(대객) 이 구절의 표기는 이본마다 매우 다양하여 해석도 복잡하다. 그런데 중
  국의 기록들을 참조하면 세 가지 종류의 차는 '경뇌협(驚雷莢), 훤초대(萱草帶), 자용향(柴茸香)'이
  고, 경뇌협은 '손님 접대'에, 훤초대는 '스님 자신의 음다'에, 자용향은 '불공(佛供)'에 썼다고 한
  다. 다예관본을 비롯한 우리나라의 기록들은 이와 전혀 다른데, 초의스님 이후 필사 과정에서
  와전된 것으로 보인다. 여기 나오는 경소(驚笑)는 '경뇌협'의 오기이고, '시용향(柴茸香)'도 '자용
  향'의 오기이다. 앞서 나온 본문의 '뇌소' 역시 '뇌협' 즉 '경뇌협'의 오기로 볼 수 있다. 그러나
  '경소(驚笑)' 또는 '뇌소(雷笑)'차가 별도로 있었을 것이라는 주장도 있으므로 여기서는 원본 표기
  를 그대로 두었다.

巨唐尚食羞百珍沁園唯獨

記紫英 唐德宗每賜同昌公主饌·其茶有綠花紫

綵英之 法製頭綱從此盛清賢

巨	唐	尙	食	羞	百	珍
클 거	당나라 당	오히려 상	밥 식	음식 수	일백 백	보배 진

큰 당나라 상식(尙食)에는 백 가지 진수성찬 가득하지만

巨	唐	尙	食	羞	百	珍
巨	唐	尙	食	羞	百	珍

• 尙食(상식) 황제의 식사를 관장하는 관리 혹은 관청. '거당상식'은 거대 제국 당나라 황제의 식탁이라는 의미.

沁	園	唯	獨	記	紫	英
스며들 심	동산 원	오직 유	홀로 독	기록할 기	자줏빛 자	꽃부리 영

심원은 유독 자영차만 기록했네

沁	園	唯	獨	記	紫	英
沁	園	唯	獨	記	紫	英

• 沁園(심원) 후한 명제(明帝, 재위 57~75)의 딸인 심수공주(沁水公主)의 원림(園林).

唐 德宗 每賜同昌公主饌

당 덕종 매 사 동 창 공 주 찬

당나라 덕종은 매번 동창공주에게 찬을 내렸는데

其茶有 綠花紫英之號

기 다 유 녹 화 자 영 지 호

그 차에 녹화차(綠花茶)와 자영차(紫英茶)의 이름이 있었다.

法製頭綱從此盛清賢

果之
辨之

名士誇為永　茶經稱茶　味為永鳥肥　緑莊

法	製	頭	綱	從	此	盛
법 법	지을 제	머리 두	벼리 강	좇을 종	이 차	왕성할 성

두강차를 법제하니, 이로부터 (제다법이) 성해져서

法	製	頭	綱	從	此	盛
法	製	頭	綱	從	此	盛

• 두강(頭綱) 두강차. 이른 봄에 제일 먼저 만들어 왕실에 바치던 차.

清	賢	名	士	誇	雋	永
맑을 청	어질 현	이름 명	선비 사	자랑할 과	준걸 준	길 영

청현명사(淸賢名士)들이 준영(雋永)이라 자랑했네

清	賢	名	士	誇	雋	永
清	賢	名	士	誇	雋	永

• 준영(雋永) 지극히 맛있는 차.

茶經 稱茶味 雋永
다 경 칭 다 미 준 영

『다경(茶經)』에 차의 맛을 준영(雋永)이라 하였다.

名士諸爲永　茶經稱茶、
味爲永烏肥　綠莊

龍鳳轉巧麗費盡萬金成百

餅於紫君謨以香藥合而成
大小龍鳳團始於丁謂成

餅餅上歸以龍鳳紋供御者
以金莊成東坡詩紫金百餅

費莘
誰知自竟眞色香一經

綵	莊	龍	鳳	轉	巧	麗
비단 채	꾸밀 장	용 용	봉황새 봉	더욱 전	공교할 교	고울 려

용봉단(龍鳳團) 비단 장식 더욱더 정교하고 화려하니

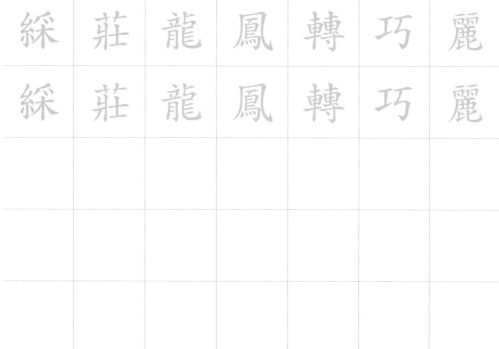

- 龍鳳團(용봉단) 송나라 때 건안(建安, 지금의 복건성) 지방의 어용(御用) 다원에서 만들어 궁중에 진상하던 단차(團茶)로, 포장 장식에 용(龍)이나 봉황(鳳凰) 무늬를 새긴 것이다.
- 轉(전) 더욱더. 한층 더.

費	盡	萬	金	成	百	餠
쓸 비	다할 진	일만 만	쇠 금	이룰 성	일백 백	떡 병

만금(萬金)의 비용으로 백 개의 떡차 만들었네.

費	盡	萬	金	成	百	餠
費	盡	萬	金	成	百	餠

大小龍鳳團 始於丁謂 成於蔡君謨
대소용봉단 시어정위 성어채군모

크고 작은 용봉단차는 정위(丁謂)가 만들기 시작하여 채군모[蔡襄]에서 완성
되었다.

以香藥合而成餠 餠上飾以龍鳳紋
이 향 약 합 이 성 병 병 상 식 이 용 봉 문

향과 약을 섞어 떡차를 만들고, 그 위에 용과 봉황 무늬를 장식하였다.

供御者 以金莊成
공 어 자 이 금 장 성

임금께 올리는 차는 금(金)으로 장식하였다.

東坡時 紫金百餠費萬錢
동 파 시 자 금 백 병 비 만 전

소동파 시에 "자금(紫金)으로 꾸민 떡차 백 개는 비용이 만전(萬錢)이다"라고
했다.

- 丁謂(정위) 962~1033. 송나라 사람. 강소성에서 출생하여 진종(眞宗, 재위 997~1022) 때 옥청
  소응궁(玉淸昭應宮)을 세워 후에 진공(晉公)에 봉해졌으며, 복건성(福建省) 전운사(轉運使)로 있을
  때 건안(建安)의 공다소(貢茶所) 차밭과 차 공장, 기구, 채다(採茶)와 제다법(製茶法) 등을 기록한
  『건안다록(建安茶錄)』 3권을 저술하였다.

- 蔡君謨(채군모) 채양(蔡襄, 1012~1067). 북송 때 사람으로 『다록(茶錄)』의 저자. 복건성에서 출
  생하여 19세에 진사가 되어 인종(仁宗, 재위 1022~1063)의 하명으로 『다록』을 지어 바치고 군모
  (君謨)라는 자(子)를 하사받았다.

- 東坡(동파) 소동파(蘇東坡, 1036~1101). 북송의 문인. 사천성에서 태어나 22세에 진사가 되었고,
  왕안석의 신법을 반대하다가 황주(黃州)로 유배 생활을 했으며, 당송 8대가 중의 한 사람이다.

費萬
錢

誰知自竟眞色香一經
萬寶金書茶自
有眞香眞味眞

點染失眞性
道人雅欵全

色一經他物點
便失其眞
染

誰	知	自	饒	眞	色	香
누구 수	알 지	스스로 자	넉넉할 요	참 진	빛 색	향기 향

뉘 알랴? (차는) 스스로 참된 색과 향 넉넉하나

誰	知	自	饒	眞	色	香
誰	知	自	饒	眞	色	香

一	經	點	染	失	眞	性
한 일	십조 경	점 점	물들일 염	잃을 실	침 진	성품 성

조금이라도 더럽혀 오염되면 참된 성품 잃는다네.

一	經	點	染	失	眞	性
一	經	點	染	失	眞	性

- 一經點(일경) 10조 분의 1(1/10,000,000,000,000). 눈곱만큼.
- 點染(점염) '點(점)'은 '(점을 찍어) 더럽히다'의 의미이니, '點染(점염)'은 '더럽게 물들임', 즉 오염시킨다는 말이다.

제15송 주(註)

萬寶全書 茶自有 眞香 眞味 眞色
만 보 전 서 차 자 유 진 향 진 미 진 색

『만보전서』에 "차는 스스로 진향(眞香), 진미(眞味), 진색(眞色)을 가지고 있다.

一經他物點染 便失其眞
일 경 타 물 점 염 편 실 기 진

조금이라도 다른 것에 물들면 곧바로 그 참됨을 잃는다"고 하였다.

• 萬寶殿書(만보전서) 청나라 모환문(毛換文)이 1615년경에 지은 백과사전 『경당증정만보전서(敬
  堂增訂萬寶殿書)』.

一經他物點
漿便失其真　道人雅歆全
其嘉曾向蒙頂手栽邨養得
五斤獻君王吉祥蕊與睡楊
花茶元三年得純嘉者号睡
傅大士自住蒙頂結庵種
楊花吉祥蕊共
五斤持故栱獻　雪花雲腴争

道	人	雅	欲	全	其	嘉
길 도	사람 인	우아할 아	하고자할 욕	온전할 전	그 기	아름다울 가

도인이 (차의) 그 아름다움 온전히 하고자 우아한 욕심 내어

道	人	雅	欲	全	其	嘉
道	人	雅	欲	全	其	嘉

曾	向	蒙	頂	手	栽	那
일찍 증	향할 향	입을 몽	정수리 정	손 수	심을 재	어찌 나

일찍이 몽산 정상으로 가서 손수 (차나무를) 심었다네

曾	向	蒙	頂	手	栽	那
曾	向	蒙	頂	手	栽	那

• 蒙頂(몽정) 몽산(蒙山)의 정상. 몽산은 사천성에 있는 산이며, 차나무 재배를 처음으로 시작한 곳으로 황제에게 바치는 차를 기르던 황차원이 있었다.

養	得	五	斤	獻	君	王
기를 양	얻을 득	다섯 오	무게 근	바칠 헌	임군 군	임금 왕

잘 길러 다섯 근을 얻어 임금에게 바치니

養	得	五	斤	獻	君	王
養	得	五	斤	獻	君	王

제16송 제4구 (32句)

吉	祥	蕊	與	聖	楊	花
길할 길	상서로울 상	꽃술 예	줄 여	성인 성	버들 양	꽃 화

길상예(吉祥蕊)와 성양화(聖楊花)라네

吉	祥	蕊	與	聖	楊	花
吉	祥	蕊	與	聖	楊	花

• 吉祥蕊(길상예), 聖楊花(성양화) 차 이름.

傅大士
부 대 사
부대사(傅大士)는

自住蒙頂結庵 種茶凡三年 得絕嘉者
자 주 몽 정 결 암   종 차 범 삼 년   득 절 가 자
스스로 몽산(蒙山) 정상에 머물며 암자를 짓고 차나무를 심어 삼 년 만에 좋은 차를 얻으니

号聖楊花吉祥蕊 共五斤持皈 供獻
호 성 양 화 길 상 예   공 오 근 지 귀   공 헌
이름을 성양화와 길상예라 하고, 모두 다섯 근을 지니고 돌아와서 헌공(獻供)하였다.

• 傅大士(부대사, 497~569) 양나라 무제 때의 승려로 절강성 사람.

雪花雲腴爭

楊花吉祥蕋英

五斤特敬供獻

芳烈雙井日注喧江浙 詩 東坡

花雨脚何足道山谷詩我嶽

江南珠雲腴東坡至僧院僧

梵英葺治堂宇嚴潔茗飲芳

烈問此新茶耶英曰茶性新

舊交則香味復草茶成兩浙

兩浙之茶品曰注為第一

自景祐末洪作雙井白芽

漸盛近世製作尤精其品遠

出日注之上遂

為草茶第一 建陽丹山碧

雪	花	雲	腴	爭	芳	烈
눈 설	꽃 화	구름 운	살찔 유	다툴 쟁	꽃다울 방	세찰 열

설화차(雪花茶)와 운유차(雲腴茶)는 향기 진함 다투고

雪	花	雲	腴	爭	芳	烈
雪	花	雲	腴	爭	芳	烈

• 雪花(설화), 雲腴(운유) 차 이름.

雙	井	日	注	喧	江	浙
쌍 쌍	우물 정	해 일	물댈 주	시끄러울 훤	강 강	강 이름 절

쌍정차(雙井茶)와 일주차(日注茶)는 강서성과 절강성에서 유명하다네

雙	井	日	注	喧	江	浙
雙	井	日	注	喧	江	浙

- 雙井(쌍정) 강서성에서 생산되는 차 이름.
- 日注(일주) 절강성에서 생산되는 차 이름.
- 江浙(강절) 강서성(江西省)과 절강성(浙江省).

東坡詩 雪花雨脚何足道

동 파 시 설 화 우 각 하 족 도

소동파 시(詩)에 "설화차와 우각차로 어찌 족히 말하랴" 하였고,

山谷詩 我家江南採雲腴

산 곡 시 아 가 강 남 채 운 유

황산곡 시(詩)에 "강남 내 집에서는 운유차를 딴다"고 하였다.

東坡至僧院 僧梵英葺治堂宇 嚴潔

동 파 지 승 원 승 범 영 즙 치 당 우 엄 결

소동파가 절에 도착하니 범영 스님이 도량의 지붕을 아주 깨끗이 정리하고
있었다.

茗飮芳烈 問 此新茶耶

명 음 방 렬 문 차 신 차 야

차를 마시는데 향기가 너무 좋아 "이건 햇차로군요?"라고 물었더니,

英曰 茶性新舊交則香味復

영 왈 차 성 신 구 교 즉 향 미 복

범영 스님이 "차의 성품은 햇차와 지난해 만든 차를 섞으면 곧 향과 맛이
복원된다"라고 하였다.

• 山谷(산곡) 황산곡(黃山谷, 1045~1105). 소동파의 제자이며 서예가.

草茶成兩浙 而兩浙之茶品 日注爲第一

초 차 성 양 절 이 양 절 지 차 품 일 주 위 제 일

초차는 양절에서 만드는데, 양절의 차 가운데서는 일주차가 제일이다.

自景祐以來 洪州雙井白芽漸盛

자 경 우 이 래 홍 주 쌍 정 백 아 점 성

경우(景祐) 이래 홍주의 쌍정차와 백아차가 점점 좋아지듯이,

近世製作尤精 其品遠出

근 세 제 작 우 정 기 품 원 출

근래에 와서 차 만드는 법이 더욱 정교해지고 그 품질이 아주 우수해서

日注之上 遂爲草茶第一

일 주 지 상 수 위 초 차 제 일

(쌍정차와 백아차가) 일주차보다 더 우수하여, 초차(草茶) 중에서 제일이다.

- 草茶(초차) 작설 찻잎으로 만든 차 종류.
- 兩浙(양절) 절강성 항주의 전단강을 중심으로 한 동서의 두 지역.
- 景祐(경우) 북송 제4대 인종(仁宗, 1023~1063)의 연호. 재위 1034~1037.

天午瞑初醒明月難〜於碧
疏朝華始起浮雲韻乙於晴
晩甘庋茶名茶山先庄乞茗
爐月澗雲龕之品慎句賤用
水兩和盞建陽丹山碧水之
建侍齋閒此徒束雷而摘拜
茶焦丹部曰晚甘候十五人
建安茶為天下第一孫樵送
水鄉品題特尊雲澗月閒覽　邂齋
建陽丹山碧
為草茶第一
曰注之上遶

建	陽	丹	山	碧	水	鄕
세울 건	볕 양	붉을 단	뫼 산	푸를 벽	물 수	시골 향

건양(建陽)과 단산(丹山)은 맑은 물의 고장이니

建	陽	丹	山	碧	水	鄕
建	陽	丹	山	碧	水	鄕

- 建陽(건양) 복건성(福建省) 건양시(建陽市).
- 丹山(단산) 복건성(福建省) 무이산시(武夷山市)에 있는, 거대한 붉은 바위로 이루어진 무이산(武夷山).
- 璧水(벽수) 무이산 계곡의 벽록색(碧綠色) 맑은 물.

品	題	特	尊	雲	澗	月
물건 품	표제 제	특별할 특	높을 존	구름 운	시내 간	달 월

운감차(雲龕茶)와 월간차(月澗茶)는 특별히 품격을 높였다네

品	題	特	尊	雲	澗	月
品	題	特	尊	雲	澗	月

• 雲澗月(운간월)　'雲(운)'은 운감차(雲龕茶)를 말하고, 澗月(간월)은 월간차(月澗茶)를 말한다.

遯齋閑覽 建安茶爲天下第一
돈 재 한 람 건 안 차 위 천 하 제 일

『돈재한람』에는 "건안차(建安茶)가 천하의 제일"이라 하였다.

孫樵 送茶 焦丹部 曰
손 초 송 다 초 단 부 왈

손초(孫樵)가 차(茶)를 초단부에 보낸 글에서 말하기를,

晚甘候 十五人遣 侍齋閣
만 감 후 십 오 인 견 시 재 각

"만감후(晚甘候, 무이산에서 생산되는 차) 십오인(十五人)을 재(齋)를 모시도록
보냅니다.

此徒 乘雷而摘 拜水而和
차 도 승 뇌 이 적 배 수 이 화

이 무리는 이른 봄 첫 천둥 번개가 칠 때 채취하여 만든 것으로 무이산 바위
와 빗물이 잘 조화를 이룬 귀한 차입니다.

蓋建陽丹山 璧水之鄕 月澗雲龕之品 愼勿賤用
개 건 양 단 산 벽 수 지 향 월 간 운 감 지 품 신 물 천 용

대개 건양(建陽)과 단산(丹山) 지방은 맑은 물의 고장이며, 월간(月澗)과 운감
(雲龕)차는 품질이 좋으니, 삼가 천하게 쓰면 안 됩니다"라고 하였다.

晚甘候 茶名
만 감 후 차 명

만감후(晚甘候)는 차의 이름이다.

茶山先生 乞茗疏
다 산 선 생 걸 명 소

다산 선생의 〈걸명소(乞茗疏)〉에,

朝華始起 浮雲晶晶於晴天
조 화 시 기 부 운 효 효 어 청 천
"아침에 꽃이 피기 시작할 때, 맑은 하늘에 구름이 두둥실 떠 있을 때,

午睡初醒 明月離離於碧澗
오 수 초 성 명 월 이 리 어 벽 간
낮잠에서 막 깨어났을 때, 밝은 달이 푸른 시냇물에 비칠 때"라고 하였다.

• 遯齋閑覽(돈재한람) 북송 때 범정민(范正敏)이 지은 책.
• 建安茶(건안차) 복건성 건구현에서 생산되는 차. 건차(建茶), 건주차(建州茶)라고도 한다.
• 孫樵(손초) 당나라 문학가.
• 晩甘候(만감후) 차의 이름. 차의 카테킨(Catechin) 성분과 관련하여 처음엔 떫다가 뒤에 단맛이
  나는 것, 즉 고구만감(苦口滿甘)의 차. 한 모금 마실 때는 떫어도 나중에는 단맛이 이(齒)뿌리에
  서 생겨 입안에 가득한 것으로, 무이산 암차(岩茶)를 말함.
• 侍齋閣(시재각) 재(齋)를 모시는 관청.
• 신물천용(愼勿賤用) 만감후와 같이 뛰어난 차는 반드시 좋은 물로 우려야 한다는 말이다.

東國所產元相同色香氣
味論一切陸安之味蒙山第 東茶記云
古人高判無兩宗 或疑東茶
之効不及越產以余觀之色
香氣味火無差異茶書云陸
安茶以味勝蒙山茶以藥勝
東茶盖兼之矣茗有李贊皇
陸子羽其人必以金言爲然

東	國	所	産	元	相	同
동녘 동	나라 국	바 소	낳을 산	근본 원	서로 상	한가지 동

우리나라에서 생산되는 차는 근본이 서로 같아

東	國	所	産	元	相	同
東	國	所	産	元	相	同

• 東國(동국) 우리나라. 단순히 중국의 동쪽이어서 '동국'이 아니라 당송시대의 인
   도를 포함한 서양인의 관점이 투영된 '동쪽의 나라'일 수도 있다. 인도와 직접 관
   련된 사찰인 칠불사에 '동국제일선원(東國第一禪院)'이라는 별칭이 붙은 것도 같
   은 이유로 추정된다. 초의스님은 여기서 「다신전」 저술을 시작했다.

色	香	氣	味	論	一	功
빛 색	항기 향	기운 기	맛 미	말할 론	한 일	공 공

색향기미(色香氣味)도 똑같다 논한다네.

色	香	氣	味	論	一	功
色	香	氣	味	論	一	功

陸	安	之	味	蒙	山	藥
뭍 육	편안할 한	갈 지	맛 미	입을 몽	뫼 산	약 약

육안차는 맛이 좋고 몽산차는 약효가 좋은데

陸	安	之	味	蒙	山	藥
陸	安	之	味	蒙	山	藥

- 陸安(육안) 안휘성 육안현에서 생산되는 차.
- 蒙山(몽산) 사천성 몽정산에서 생산되는 차.

古	人	高	判	兼	兩	宗
옛 고	사람 인	높을 고	구별할 판	겸할 겸	두 양	높이 종

옛사람은 (동국차가) 맛과 약효를 겸했다고 높이 평가했다네.

古	人	高	判	兼	兩	宗
古	人	高	判	兼	兩	宗

• 古人(고인) 주석에 나오는 『동다기』의 저자.

제19송 주(註)

東茶記 云 或疑 東茶之效 不及越産
동 다 기 운 혹 의 동 다 지 효 불 급 월 산

『동다기(東茶記)』에 이르기를, "어떤 사람은 우리나라 차의 효능이 월국(越國)에서 생산되는 차에 미치지 못한다고 의심하기도 하지만,

以余觀之 色香氣味 少無差異
이 여 관 지 색 향 기 미 소 무 차 이

내가 보기에는 색향기미가 조금도 차이가 없다.

茶書 云 陸安茶以味勝 蒙山茶以藥勝
다 서 운 육 안 차 이 미 승 몽 산 차 이 약 승

다서(茶書)에서 말하기를 '육안차(陸安茶)는 맛이 좋고, 몽산차(蒙山茶)는 약효가 뛰어나다' 하였지만,

東茶盖兼之矣
동 차 개 겸 지 의

'우리나라 차는 맛도 좋고 약효도 뛰어나다'고 하였으니,

若有李贊皇 陸子羽 其人必以余言爲然也
약 유 이 찬 황 육 자 우 기 인 필 이 여 언 위 연 야

만약에 이찬황(李贊皇)과 육우(陸羽)가 살아 있다면, 그 사람들은 반드시 내 말이 옳다고 할 것이다"라고 하였다.

- 東茶記(동다기) 전의이(全義李)가 차의 여러 가지 이야기를 기록한 책.
- 월산(越産) 춘주시대의 월(越)나라에서 생산한 차. 월국(越國)은 현재의 절강성 일대.
- 李贊皇(이찬황) 당나라 무종(武宗) 때의 재상.
- 陸子羽(육자우) 육우(陸羽, 733~804). 『다경(茶經)』의 저자.

제20송

遽童振枯神驗速八臺顏如

天桃紅八十顏色如桃李此

李白云玉泉真公年

茗香清異于他所以餌遽童

眛枯而令人長壽也

還	童	振	枯	神	驗	速
돌아올 환	아이 동	떨칠 진	마를 고	귀신 신	효능 험	빠를 속

(시들어 가던 나무가 되살아나듯) 늙은이가 젊어지는 신비한 효험 빠르고

還	童	振	枯	神	驗	速
還	童	振	枯	神	驗	速

• 還童振枯(환동진고)　늙음[枯]을 떨쳐내고[振] 젊음[童]으로 돌아옴[還].

八	耋	顔	如	夭	桃	紅
여덟 팔	늙은이 질	얼굴 안	같을 여	어릴 요	복숭아 도	붉을 홍

팔십 노인 얼굴이 복숭아처럼 붉은빛이네.

八	耋	顔	如	夭	桃	紅
八	耋	顔	如	夭	桃	紅

李白云 玉泉眞公 年八十 顔色如桃李
이 백 운 옥 천 진 공 년 팔 십 안 색 여 도 리

이태백이 말하기를, "옥천사(玉泉寺)의 진공(眞公) 스님은 나이가 팔십이지만 얼굴빛이 복숭아와 자두 빛이다.

此茗香淸異于他 所以能還童振枯 而令人長壽也
차 명 향 청 이 우 타 소 이 능 환 동 진 고 이 령 인 장 수 야

이 차가 다른 지역의 차와 달리 향이 맑아서, 시든 나무와 같은 노인을 능히 젊은이로 돌아가게 하고 사람을 장수하게 한다"고 하였다.

- 玉泉(옥천) 호북성 당양현에 있는 사찰 이름이자 그 절의 샘 이름.
- 桃李(도리) 복숭아와 자두. 복숭아와 자두는 장(臟)의 면역력을 증가시켜 얼굴빛을 밝게 하는 과일이다.

我有乳泉把成莠碧百壽湯

伍以持故木覓山前獻海翁

唐蘇廣著十六湯品莠三曰

百壽湯人過百齡水逾十沸

或以詰阻或以事廢如取用

之湯已生性矣敗問皤髻蒼

顏之老夫遠乎執芳扶矢以

取中乎遠乃雄潤發以遘

遠乎茶八曰芳碧湯石鼎天

地秀氣兩賦取者也琭兩為

花芳猶在為其湯不良末之

有也。近自紫大爺南遁頭

鞴一宿榮芋山房壽其泉曰

其勝酥酪

我	有	乳	泉			
나 아	있을 유	젖 유	샘 천			
把	成	秀	碧	百	壽	湯
잡을 파	이룰 성	빼어날 수	푸를 벽	일백 백	목숨 수	끓일 탕

나에게 유천이 있어 (찻물을 끓이는데) 잘 끓일 때 있고 잘못 끓일 때 있지만,

我	有	乳	泉			
把	成	秀	碧	百	壽	湯
我	有	乳	泉			
把	成	秀	碧	百	壽	湯

- 乳泉(유천) 대흥사 일지암(一枝庵)에 있는 샘물 이름.
- 把(잡을 파) 挹(뜰 읍)의 오기. 挹成(읍성)은 물을 떠서 만들다이 이미.
- 秀碧(수벽) 수벽탕(秀碧湯). 당나라 소이(蘇廙)가 지은 『십육탕품(十六湯品)』의 제 8품으로 돌 탕관에 잘 끓인 찻물.
- 百壽湯(백수탕) 『십육탕품』의 제3품으로 찻물을 너무 오래 끓여 찻물의 본성을 잃은 물.

何	以	持	皈		
어찌 하	써 이	가질 지	돌아갈 귀		
木	覓	山	前	獻	海	翁
나무 목	찾을 멱	뫼 산	앞 전	드릴 헌	바다 해	늙은이 옹

어떻게 가져가서 남산 해거도인께 드릴까?

何	以	持	皈			
木	覓	山	前	獻	海	翁
何	以	持	皈			
木	覓	山	前	獻	海	翁

• 목멱산(木覓山) 서울 남산 서쪽 봉우리.
• 海翁(해옹) 해거도인(海居道人) 홍현주(洪顯周).

唐蘇廙著 十六湯品 第三曰 百壽湯
당 소 이 저 십 육 탕 품 제 삼 왈 백 수 탕
당나라 소이(蘇廙)가 지은『십육탕품』에, "세 번째는 백수탕(百壽湯)이라 한다.

人過百息 水逾十沸 或以話阻 或以事廢
인 과 백 식 수 유 십 비 혹 이 화 조 혹 이 사 폐
如取用之 湯已失性矣
여 취 용 지 탕 이 실 성 의

사람이 백 살을 넘긴 것처럼, 물이 십비(十沸)를 넘어 (지나치게) 끓인 것이다.
대화 때문에 방해가 되거나 다른 일 때문에 그만두었다가 (너무 끓인 물을) 취
하여 사용하려고 하면 탕은 이미 그 본성을 잃은 것이다.

敢問 皤鬢蒼顔之老夫 還可執弓抹矢 以取中乎
감 문 파 빈 창 안 지 노 부 환 가 집 궁 말 시 이 취 중 호
감히 묻노니, 귀밑털이 희고 늙어 야윈 창백한 얼굴의 노인이 도리어 활을
잡고 화살을 쏘아 과녁에 적중시킬 수 있으며,

還可雄登 濶步以邁遠乎
환 가 웅 등 활 보 이 매 원 호
씩씩하게 올라가고 먼 곳까지 활보할 수 있겠는가?

第八曰 秀碧湯
제 팔 왈 수 벽 탕
여덟 번째는 수벽탕(秀碧湯)이라 한다.

石凝天地秀氣 而賦形者也
석 응 천 지 수 기 이 부 형 자 야
돌은 하늘과 땅의 빼어난 기운이 뭉쳐진 형체로 된 것이다.

琢而爲器 秀猶在焉 其湯不良 未之有也

탁 이 위 기　수 유 재 언　기 탕 불 량　미 지 유 야

(이런 돌을) 다듬어 탕관을 만들면 천지의 정기가 여전히 남아 있으니, 끓인 물이 좋지 않을 수 없다"라고 하였다.

近酉堂大爺 南過頭輪 一宿紫芋山房

근 유 당 대 야　남 과 두 륜　일 숙 자 우 산 방

嘗其泉曰 味勝酥酪

상 기 천 왈　미 승 수 락

근자에 유당(酉堂) 어른께서 남쪽으로 지나는 길에 두륜산 자우산방에서 하룻밤을 묵을 때 유천 샘물을 맛보고 말씀하시기를 "맛이 수락보다 낫다"고 하셨다.

• 蘇廙(소이)　당나라 문인.
• 癈(폐)　廢(막힐 폐)와 같은 글자이다.
• 鬂(살쩍 빈)　鬢(살쩍 빈)과 같은 글자이다.
• 執弓抹矢(집궁말시)　활을 잡고 화살을 걸어 쏨.
• 酉堂(유당)　추사(秋史) 김정희(金正喜)의 부친 김노경(金魯敬, 1766~1840).
• 紫芋山房(자우산방)　일지암에 있던 초의선사의 생활 주거지.
• 酥酪(수락)　소나 양의 젖으로 만든 유제품.

又有九難四香玄妙用

茶經

茶有九

雜一曰造二曰別三曰器四
曰火五曰水六曰七日末
八日煮九日飲陰采夜焙非
造也嚼味嗅香非別也膻鼎
腥甌非器也膏薪庖炭非火
也飛湍壅潦非水也外熟內
生非采务也碧粉飄塵非末也
操艱攪遽非煮也夏興冬廢
非飲也万寶全書茶有真香
有蘭香有清香有純香表裡
如一曰純香不生不熟曰清
香火候均停曰蘭香雨前神
具曰真香

此謂四香

何以教汝玉浮莖

又	有	九	難	四	香	
또 우	있을 유	아홉 구	어려울 난	넉 사	향기 향	
玄	妙	用				
검을 현	묘할 묘	쓸 용				

또 (차에는) 아홉 가지 어려움과 네 가지 향의 현묘한 작용이 있다네.

又	有	九	難	四	香	
玄	妙	用				
又	有	九	難	四	香	
玄	妙	用				

茶經云 茶有九難
다 경 운 다 유 구 난
『다경』에서 말하였다. "차에는 아홉 가지 어려움이 있다.

一曰造 二曰別 三曰器 四曰火
일 왈 조 이 왈 별 삼 왈 기 사 왈 화
(어려움의) 첫째는 만들기이다. 둘째는 (차의 품질을) 분별하는 것이다. 셋째
는 그릇이며, 넷째는 불(다루기)이다.

五曰水 六曰炙 七曰末 八曰煮 九曰飮
오 왈 수 육 왈 적 칠 왈 말 팔 왈 자 구 왈 음
다섯째는 물이고, 여섯째는 굽기고, 일곱째는 가루 내는 것이고, 여덟째는
차를 끓이는 것이고, 아홉째가 차 마시는 법이다.

陰採夜焙 非造也 嚼味嗅香 非別也
음 채 야 배 비 조 야 작 미 후 향 비 별 야
(찻잎을) 흐린 날에 따서 밤에 불로 말리는 것은 차 만드는 방법이 아니고,
씹어서 맛보고 코로 향기를 맡아보는 것은 감별이 아니며,

羶鼎腥甌 非器也 膏新庖炭 非火也
전 정 성 구 비 기 야 고 신 포 탄 비 화 야
누린내 나는 솥이나 비린내 나는 사발은 다구(茶具)가 아니고, 진(膏)이 나오
는 섶나무나 부엌의 숯은 불이 아니며,

飛湍壅潦 非水也 外熟內生 非炙也
비 단 옹 료 비 수 야 외 숙 내 생 비 적 야
폭포처럼 떨어지는 물이나 고인 물은 물이 아니고, (떡차가) 겉은 익고 속이
덜 익은 것은 굽는 방법이 아니며,

壁粉飄塵 非末也 操艱攪遽 非煮也 夏興冬廢 非飮也

벽 분 표 진 비 말 야 조 간 교 거 비 자 야 하 흥 동 폐 비 음 야

(맷돌에 너무 지나치게 갈아) 푸른색 가루가 되어 먼지처럼 날리는 것은 가는 방법이 아니며, (차를 끓일 때) 서투르게 하거나 거칠게 휘젓는 것은 끓이는 법이 아니며, 여름에는 많이 마시고 겨울에는 잘 안 마시는 것은 차 마시는 법이 아니다"라고 하였다.

万寶全書 茶有眞香 有蘭香 有淸香 有純香

만 보 전 서 다 유 진 향 유 난 향 유 청 향 유 순 향

『만보전서』에, "차에는 진향(眞香), 난향(蘭香), 청향(淸香), 순향(純香)이 있다.

表裏如一曰 純香 不生不熟曰 淸香

표 리 여 일 왈 순 향 불 생 불 숙 왈 청 향

(찻잎의) 겉과 속이 (고루 익어) 한결 같은 것을 순향이라 하고, 설익지도 너무 익지도 않은 것을 청향이라 하며,

火候均停曰 蘭香 雨前神具曰 眞香

화 후 균 정 왈 난 향 우 전 신 구 왈 진 향

불기운을 고르게 한 것을 난향이라 하고, 곡우(穀雨) 전에 채취한 찻잎으로 성분이 고루 갖추어진 것을 진향이라 한다"고 하였다.

此謂四香

차 위 사 향

이를 일러 (차의) 4향(香)이라 한다.

其曰真香

此謂四香

何以教汝玉浮臺

智異山花開洞茶樹罘生四五十里

上坐禪眾

東國茶田之廣料無過此者

洞有玉浮坮下有七佛禪

院生禪有常脫取老葉晒乾

然柴煮鼻如烹菜羹濃濁色

赤味甚苦澁政所云天下好

茶多為俗手所壞

제23송 제1구 (46句)

何	以	敎	汝			
어찌 하	써 이	가르칠 교	너 여			
玉	浮	臺	上	坐	禪	衆
옥 옥	뜰 부	대 대	위 상	앉을 좌	고요할 선	무리 중

옥부대 위 좌선하는 무리여, 어찌해야 너희를 가르칠 수 있을꼬.

何	以	敎	汝			
玉	浮	臺	上	坐	禪	衆
何	以	敎	汝			
玉	浮	臺	上	坐	禪	衆

• 玉浮臺(옥부대) 지리산 칠불사 대웅전 뒤 언덕 위의 평평한 곳. 신라 옥보고(玉寶高)가 거문고를 연주하면 학이 날아와 춤을 추던 곳이어서 백학터[白鶴洞]라 하며, 옥보고가 현학금(玄鶴琴, 거문고)을 연주한 곳이라 옥보대(玉寶臺)라고도 한다. 청학동(靑鶴洞)은 쌍계사 일대이다.

智異山 花開洞 茶樹羅生四五十里
지 리 산 화 개 동 차 수 라 생 사 오 십 리
지리산 화개동에는 차나무가 40~50리에 걸쳐 펼쳐져 자라는데,

東國茶田之廣 料無過此者
동 국 다 전 지 광 료 무 과 차 자
우리나라 차밭의 크기로는 이보다 넓은 것이 없다고 여겨진다.

洞有玉浮坮 坮下有七佛禪院
동 유 옥 부 대 대 하 유 칠 불 선 원
화개동에 옥부대가 있고 옥부대 아래에 칠불선원이 있다.

坐禪者 常晚取老葉 曬乾
좌 선 자 상 만 취 노 엽 쇄 건
참선 수행하는 스님들이 항상 뒤늦게 노엽(老葉)을 채취하여 햇볕에 말린다.

然柴煮鼎 如烹菜羹 濃濁色赤 味甚苦澁
연 시 자 정 여 팽 채 갱 농 탁 색 적 미 심 고 삽
그리고는 나물국 끓이듯 섶나무 불로 솥에 삶으니 진하고 탁하며 색이 붉고
맛은 심히 쓰고 떫다.

政所云 天下好茶 多爲俗手所壞
정 소 운 천 하 호 차 다 위 속 수 소 괴
정소에서 말하기를 "천하의 좋은 차를 속된 솜씨로 버려 놓았다"고 하였다.

- 花開洞(화개동) 경상남도 하동군 화개면의 지명으로 섬진강 남도대교에서 신흥삼거리까지 화개천 주변 10㎞와 신흥마을에서 칠불사(七佛寺)까지 백학동천 5㎞, 쌍계사에서 불일폭포 계곡 일원 청학동천과 단천, 의신마을을 중심으로 한 대성동천 좌우측 골짜기를 포함한다.

- 七佛禪院(칠불선원) 경상남도 하동군 화개면 범왕리(범왕길 528)에 있는 사찰이다. 지리산 최고봉인 천왕봉(天王峯, 1,915m)은 동쪽으로 중봉(1,875m), 하봉(1,781m), 싸리봉(1,610m)으로 이어진다. 서쪽으로는 지혜의 상징 문수보살(文殊菩薩)을 상징하는 반야봉(般若鋒, 1,732m)에서 토끼봉(1,534m)으로 이어지는데, 토끼봉의 지능성을 따라 남쪽으로 20여 리 내려온 해발 830m 백학(白鶴) 터에 자리 잡고 있다. 가락국 시조 김수로왕의 일곱 왕자가 외삼촌인 범승 장유보옥 선사를 따라 이곳에 와서 참선 수행 정진 2년 만에 성불(成佛)하여 칠불사(七佛寺)라 한다.

칠불사

九難不犯四香全至味可斷

九重供翠濤綠香繞八朝朝 八

于心君茶序曰甌泛翠濤碾

氣鏐屑又云茶以青翠為勝

濤以藍白為佳黃紅音俱不

八品雲濤為上翠濤為中黃

濤為下陳槖公詩綺陰攢蓋

靈牙試拣竹爐水詝松火恕

氣水支以淡茗戰以肥

綠香誦路永日忘故

聰明

九	難	不	犯	四	香	全
아홉 구	어려울 난	아닐 불	범할 범	넉 사	향기 향	온전 전

구난을 어기지 않고 사향을 온전히 하니

九	難	不	犯	四	香	全
九	難	不	犯	四	香	全

至	味	可	獻	九	重	供
지극히 지	맛 미	가히 가	바칠 헌	아홉 구	거듭 중	바칠 공

지극한 맛 가히 구중궁궐에 바칠 만하네

至	味	可	獻	九	重	供
至	味	可	獻	九	重	供

翠	濤	綠	香	纔	入	朝
비취색 취	물결 도	초록빛 녹	향기 향	방금 재	들 입	조정 조

비취색 거품과 푸른 향기 방금 입조(入朝) 하였는데

翠	濤	綠	香	纔	入	朝
翠	濤	綠	香	纔	入	朝

入朝于 心君
입 조 우 심 군
마음[心君]에 입조(入朝)함이다.

茶書曰 甌泛翠濤 碾飛綠屑
다 서 왈 구 범 취 도 연 비 녹 설
다서에 말하기를, "다완(茶碗)에는 비취색의 거품이 뜨고, 맷돌에는 푸른 가루가 날린다"고 하였다.

又云 茶以靑翠爲勝 濤以藍白爲佳
우 운 차 이 청 취 위 승 도 이 람 백 위 가
또 말하였다. "차는 비취색이 뛰어나고, 거품은 남백색이 좋다.

黃紅昏 俱不入品
황 홍 혼 구 불 입 품
황색, 홍색, 어두운색은 모두 좋은 품질에 들지 않는다.

雪濤爲上 翠濤爲中 黃濤爲下
설 도 위 상 취 도 위 중 황 도 위 하
흰 거품이 상이며, 비취색 거품이 중이며, 황색 거품이 하이다."

陳糜公 詩 綺陰攬盖 靈中試旂
진 미 공 시 기 음 찬 개 영 초 시 기
진미공 시에, "고운 그늘 덮인 곳에 모여 신령스런 풀[靈屮=茶]의 기(旂)를 시험하네.

竹爐幽討 松火怒飛
죽 로 유 토 송 화 노 비
죽로(竹爐)에 그윽히 물 끓이니 소나무 불 활활 타오르네.

水交以淡 茗戰以肥 綠香滿路 永日忘皈
수 교 이 담 명 전 이 비 녹 향 만 로 영 일 망 귀

물은 끓어서 맑아지고 찻자리 시간이 길어지니, 녹향(綠香)이 길에 자욱하
여 종일 돌아가는 것을 잊게 하네"라 하였다.

- 入朝(입조) 차 마시는 행위를 신하가 임금에게 조회화는 행위로 묘사했다.
- 心君(심군) 마음이라는 임금. 끽다에서 차가 신하라면 임금은 끽다 행위자의 마음이라 하니, 곧 마음으로 마시는 차다. 차와 선(禪)이 일체가 된 경지를 말한 것이다. 이 뒤에 이어지는 본문 구절은 이렇게 '다선일미로 차를 마시면 일어나는 현상'을 설명하고 있다.
- 茶書(다서) 명나라 왕상진(王象晉)의 『군방보(群芳譜)』에 실린 「다보소서(茶譜小序)」를 말한다.
- 濤(도) 다완에 가루차를 넣어 저었을 때 나는 거품. 설도(雪濤)는 눈처럼 흰 거품.
- 陳糜公(진미공) 진계유(陳繼儒, 1558~1639). 명나라 문인.
- 旆(기) 차의 싹. 시기(試旆)는 차를 시험함, 곧 차를 맛보는 것.
- 茗戰(명전) 차 달이는 풍류(風流). 차 겨루기.

龍水交以淡茗戰以肥 聰明

綠香滿路永日忘故

四達無滯壅刜甫靈根托神

山稱方丈 智異山世 仙風玉骨自另

제25송 제1구 (50句)

聰	明	四	達	無	滯	壅
총명할 총	밝을 명	넉 사	통달할 달	없을 무	막힐 체	막을 옹

총명함이 사방에 통달하여 어디에도 막힘 없네

聰	明	四	達	無	滯	壅
聰	明	四	達	無	滯	壅

矧	爾	靈	根	托	神	山
하물며 신	너 이	신령 령	뿌리 근	맡길 탁	귀신 신	뫼 산

신령스러운 너의 뿌리 신산(神山)에 의탁하니

矧	爾	靈	根	托	神	山
矧	爾	靈	根	托	神	山

• 神山(신산) 영산(靈山), 여기서는 지리산을 말한다. 금강산, 한라산과 더불어 삼신산(三神山)이다.

智異山 世稱方丈
지 리 산 세 칭 방 장

지리산을 세속에서는 방장산(方丈山)이라 칭한다.

삼신산 쌍계사

智異山世

山稱方丈

仙風玉骨自另

種綠芽紫筍穿雲根胡靴犀

臆皺水紋者爲上硬壞者次

之又曰石中者爲上花開洞

茶田皆谷中箇爛石笑茶書

又言茶嫩者爲上皺者次之

綠者次之如筍者爲上似芽

者次之其狀如胡人靴者戲

縮然如犎牛臆者廉沿然如

輕飈拂衣者遙澹然

况皆茶之精腴也　吸盡襄

仙	風	玉	骨	自	另	種
신선 선	바람 풍	옥 옥	뼈 골	스스로 자	별다를 령	씨 종

(화개동 차나무는) 신선 같은 풍모와 옥 같은 기골이 스스로 종자부터 다르니,

• 自另種(자령종) 본래 종자는 중국과 같았지만, 동국(東國, 우리나라)의 환경에 토착화(土着化)되어 달라짐.

綠	芽	紫	筍	穿	雲	根
초록빛 녹	싹 아	자줏빛 자	죽순 순	뚫을 천	구름 운	뿌리 근

녹색의 싹과 자줏빛 순(筍)은 구름의 뿌리인 바위를 뚫었고

綠	芽	紫	筍	穿	雲	根
綠	芽	紫	筍	穿	雲	根

- 綠芽紫筍(녹아자순) 차나무가 실생(實生)으로 번식하는 과정에서 변이(變異)가 생겨 찻잎이 녹색(綠色)과 자줏빛[紫]으로 피는 것.
- 雲根(운근) 비가 그치면 구름이 시작되는 바위. '찻잎이 구름 뿌리를 뚫었다'는 것은 '차나무 뿌리가 구름이 생기는 바위에서 자란다'는 의미.

胡	靴	犎	臆	皺	水	紋
턱밑살 호	신 화	들소 봉	가슴 억	주름 추	물 수	무늬 문

(건조된 떡차 표면이) 호인(胡人)의 가죽신과 들소 가슴팍 같은 물결무늬 주름이라네

胡	靴	犎	臆	皺	水	紋
胡	靴	犎	臆	皺	水	紋

• 皺(추) 주름. 여기서 말하는 '주름'은 찻잎의 모양이 아니라, 건조된 떡차 표면의 무늬를 말하는 것이다. 『다경』「삼지조(三之造)」에도 건조된 떡차의 모양을 설명하면서 이 말이 등장한다.

茶經云 生爛石中者爲上 礫壤者次之
다 경 운 생 란 석 중 자 위 상 역 양 자 차 지

『다경』에서 말했다. "돌밭에서 자라는 것이 가장 좋고, 자갈 섞인 흙은 다음이다."

又曰 谷中者爲上
우 왈 곡 중 자 위 상

또 말하였다. "계곡에서 자라는 것이 제일 좋다."

花開洞茶田 皆谷中兼爛石矣
화 개 동 다 전 개 곡 중 겸 란 석 의

화개동 차밭은 모두 골짜기에 돌밭의 조건을 겸했다.

茶書又言
다 서 우 언

다서에서 또 말하였다.

茶紫者爲上 皺者次之 綠者次之
차 자 자 위 상 추 자 차 지 녹 자 차 지

"차는 자줏빛이 으뜸이고, 주름진 것이 다음이며, 녹색이 그 다음이다.

如筍者爲上 似芽者次之
여 순 자 위 상 사 아 자 차 지

죽순과 같은 것이 상품이며, 싹 같은 찻잎이 다음이다.

其狀 如胡人靴者 蹙縮然 如犎牛臆者 廉沾然
기 상 여 호 인 화 자 축 축 연 여 봉 우 억 자 염 첨 연

(건조된 떡차는) 그 모양이 호인(胡人)의 가죽신에 잔주름이 접힌 것처럼 생겼고, 어떤 것은 들소 가슴팍처럼 주름이 구불구불하게 생겼으며,

如輕飆拂水者 涵澹然 此皆茶之精腴也
여 경 표 불 수 자　함 담 연　차 개 차 지 정 유 야

바람이 불어 잔물결 치는 모양처럼 생긴 것도 있다. 이와 같은 떡차의 모양
은 모두 품질 좋은 것이다"라고 하였다.

돌밭에 자라는 차나무

此皆茶之精腴也、吸盡壤

ㄴ清夜露三昧手中上奇芬

茶書云採茶之候貴及時太

早則茶不全遲則神散以穀

雨前五日為上後五日次之

後五日入次之然驗之東茶

穀雨前後太早當以立夏後

為及時也其徹夜無雲浥露

採者為上日中采者次之陰

雨下不宜采走茇送頤師詩

曰道人曉出南屏山

栗試黙茶三昧手

中有古

吸	盡	瀼	瀼	淸	夜	露
숨 들이쉴 흡	다할 진	이슬 많을 양	이슬 많을 양	맑을 청	밤 야	이슬 로

맑은 밤이슬 흠뻑 머금어서

吸	盡	瀼	瀼	淸	夜	露
吸	盡	瀼	瀼	淸	夜	露

• 瀼瀼(양양) 물이 세차게 흐르는 모양. 여기서는 찻잎에 이슬이 흠뻑 내려앉은 모양.

三	昧	手	中	上	奇	芬
석 삼	새벽 매	손 수	가운데 중	위 상	기이할 기	향기로울 분

삼매(三昧)의 손끝에 기이한 향 일어나네

三	昧	手	中	上	奇	芬
三	昧	手	中	上	奇	芬

茶書云
다 서 운
다서에 말하기를,

採茶之候 貴及其時
채 다 지 후 귀 급 기 시
"채다의 철에는 그 시기를 맞추는 것이 중요하다.

太早則 香不全 遲則神散
태 조 즉 향 부 전 지 즉 신 산
너무 일찍 따면 향이 온전하지 못하고, 늦으면 다신이 흩어진다.

以穀雨前 五日爲上 後五日次之 再五日又次之
이 곡 우 전 오 일 위 상 후 오 일 차 지 재 오 일 우 차 지
곡우 전 5일이 제일 좋고, 5일 후가 다음이며, 또 5일 후가 그 다음이다"라
고 하였다.

然驗之東茶 穀雨前後太早 當以立夏後爲及時也
연 험 지 동 다 곡 우 전 후 태 조 당 이 입 하 후 위 급 시 야
그러나 (내가) 우리나라 차를 경험해보니 곡우 전후는 너무 이르고, 입하
(전)후가 적기다.

其徹夜無雲浥露採者爲上
기 철 야 무 운 읍 로 채 자 위 상
밤새 구름 없이 맑은 날, 이슬 젖은 상태에서 딴 것이 최고이고,

日中採者次之 陰雨下不宜採
일 중 채 자 차 지 음 우 하 불 의 채
해가 난 가운데 딴 것이 다음이며, 흐리거나 비가 오면 마땅히 따지 않는다.

老坡 送謙師 詩曰
노 파 송 겸 사 시 왈
소동파가 겸 선사(禪師)에게 보내는 시(詩)에 말하기를,

道人曉出南屏山 來試點茶三昧手
도 인 효 출 남 병 산 래 시 점 다 삼 매 수
"도인이 새벽에 남병산에서 내려와 삼매의 솜씨로 차를 달였다네"라 하였다.

・ 老坡(노파) 늙은 소동파(蘇東坡).
・ 送謙師(송겸사) 소동파의 시 「송남병겸사(送南屏謙師)」. 제목은 '남병산 겸(謙) 스님을 보내며'라
  는 의미다.

來試默茶三昧手

中有

儆妙難顯眞精莫教體神分

造茶篇云新採揀去老葉熱

鍋焙之候鍋極熱始下茶急

炒火不可緩待熟方退微八

簇中輕團枷數遍復下鍋中

漸〻減火焙乾爲度中有玄

微難以言顯泉品云茶者水

之神水者茶之体非真水莫

顯其神非真茶莫窺其體

中	有	玄	微	妙	難	顯
가운데 중	있을 유	검을 현	작을 미	묘할 묘	어려울 난	나타날 현

그중에 현미함 있으나 묘하여 (말이나 글로) 나타내기 어렵고

中	有	玄	微	妙	難	顯
中	有	玄	微	妙	難	顯

眞	精	莫	敎	體	神	分
참 진	정기 정	없을 막	하여금 교	몸 체	정신 신	나눌 분

진수(眞水)와 정차(精茶)는 체(體)와 신(神)으로 하여금 나눌 수 없다네

眞	精	莫	敎	體	神	分
眞	精	莫	敎	體	神	分

- 眞(진)　진수(眞水). 좋은 찻물.
- 精(정)　정차(精茶). 좋은 차.

造茶篇云
조 다 편 운
(『다신전』의)「조다(造茶)」편에서 말하기를,

新採揀去老葉 熱鍋焙之
신 채 간 거 노 엽 열 과 배 지
"채취한 찻잎에서 묵은 잎을 골라내고, 뜨거운 솥에서 덖는다.

候鍋極熱 始下茶急炒 火不可緩
후 과 극 열 시 하 차 급 초 화 불 가 완
솥이 매우 뜨거워진 후에 비로소 찻잎을 넣고 빠르게 덖는다. 이때 솥의 온도를 낮추면 안 된다.

待熟方退 徹入篩中 輕團挪數遍
대 숙 방 퇴 철 입 사 중 경 단 가 수 편
익기를 기다렸다가 바로 꺼내어 체 안에 넣고 가볍게 덩어리로 뭉치면서 여러 번 비빈다.

復下鍋中 漸漸減火 焙乾爲度
복 하 과 중 점 점 감 화 배 건 위 도
다시 솥에 넣고 점점 불을 줄여서 배건(焙乾)을 알맞게 한다.

中有玄微 難以言顯
중 유 현 미 난 이 언 현
이런 과정에 현미함이 있으나 말로 표현하기는 어렵다"고 하였다.

品泉云
품 천 운
(『다신전』의)「품천(品泉)」에서 말하기를,

茶者水之神 水者茶之體

차 자 수 지 신　수 자 차 지 체

"차(茶)는 물[水]의 신(神)이고 물은 차의 체(體)이니,

非眞水 莫顯其神 非眞茶 莫窺其體

비 진 수　막 현 기 신　비 진 차　막 규 기 체

진수(眞水)가 아니면 그 신(神)을 드러낼 수 없고, 진차(眞茶)가 아니면 그 체(體)를 엿볼 수 없다"고 하였다.

體神雖全猶恐過中心中正

泡法云探湯純熟

不過健靈併　熟便取起先注

壺中小詐遏祛冷氣傾出然　的

后投茶葉多寡宜　的　不可過

中失正茶重則味苦香沉水

膝則味寡色清兩壺後又冷

水湯滌使壺京潔否則減茶

則水性當靈稍候茶水冲和

香蓋罐熱則茶神不健壺清

然后令布釃釃不宜早乙

則茶神不發欽不宜遲乙則

妙馥先消評曰宋盡其妙造

盡其精水得其真泡得其中

体与神相和健与灵相併至

此而茶　　一傾玉花風生腋身

熟盡矣

體	神	雖	全			
몸 체	정신 신	비록 수	온전 전			
猶	恐	過	中	正		
다만 유	두려울 공	지날 과	가운데 중	바를 정		

체(물)와 신(차)이 비록 온전하다 할지라도 다만 중정(中正)을 지나칠까 두렵네

體	神	雖	全			
猶	恐	過	中	正		
體	神	雖	全			
猶	恐	過	中	正		

• 중정(中正) 찻잎 피는 시기를 잘 맞추어 따고, 만들 때는 가마솥 불 조정을 잘
  하여 정성을 다하고, 찻물은 산수(山水, 무기물이 적은 것)를 선택하며, 우릴 때
  는 차의 양을 알맞게 넣어 너무 빠르지도 늦지도 않게 우려 차(茶) 성분과 효능
  이 함께 나타나는 것이 중정(中正)이고, 이 모든 것이 이루어진 것이 다도(茶道)
  이다.

中	正	不	過	建	靈	倂
가운데 중	바를 정	아닐 불	지날 과	세울 건	신령 영	아우를 병

중정(中正)이란 다신의 건(建)과 수체(水體)의 영(靈)을 나란히 하는 것에 불과하네.

中	正	不	過	建	靈	倂
中	正	不	過	建	靈	倂

- 體(체) 물[水]
- 神(신) 차의 색향기미
- 建(건) 차의 성분
- 靈(영) 차의 효능

泡法云
포 법 운
(『다신전』의) 「포법」에서 말하였다.

探湯純熟 便取起 先注壺中小許 盪祛冷氣
탐 탕 순 숙 변 취 기 선 주 호 중 소 허 탕 거 냉 기
"탕이 순숙(純熟)에 이르렀는가를 살펴서 곧 취하여 들어낸다. 우선 호(壺)에
조금 부어서 냉기를 씻어 없앤다.

傾出然后 投茶 葉多寡宜酌 不可過中失正
경 출 연 후 투 다 엽 다 과 의 작 불 가 과 중 실 정
(호를) 기울여 (물을) 따라낸 연후에 차를 넣는다. 찻잎의 많고 적음은 마땅
히 잔에 맞추어야 하니, 중(中)을 지나치거나 정(正)을 잃는 것은 불가하다.

茶重則味苦香沈 水勝則味寡色淸
다 중 즉 미 고 향 침 수 승 즉 미 과 색 청
(물보다) 차가 많으면 맛이 쓰고 향이 가라앉으며, (차보다) 물이 많으면 맛이
적고 색이 묽다.

兩壺後 又冷水盪滌 使壺凉潔 否則減茶香
양 호 후 우 냉 수 탕 척 사 호 량 결 부 즉 감 다 향
두 번 우린 호(壺)는 냉수로 깨끗이 씻어서 호가 차갑고 청결하게 해야 한
다. 그렇지 않으면 차향을 감소시킨다.

盖罐熱則茶神不建 壺淸則水性當靈
개 관 열 즉 다 신 불 건 호 청 즉 수 성 당 령
대체로 다관이 뜨거우면 곧 다신(茶神)이 온전치 못하고, 호(壺)가 청결하면
곧 수성(水性)이 당연히 신령스럽다.

稍候茶水冲和 然后 令布釃飲

초 후 다 수 충 화 연 후 영 포 시 음

잠깐[稍] 차와 물이 서로 잘 어우러지기[冲和]를 기다린[候] 연후에 베[布]에
걸러서 마신다.

釃不宜早 早則茶神不發

시 불 의 조　조 즉 다 신 불 발

거르는 것이 빠르면 안 되니, 빠른 즉 다신(茶神)이 피어나지 않는다.

飲不宜遲 遲則妙馥先消

음 불 의 지　지 즉 묘 복 선 소

마시는 것이 늦으면 안 되니, 늦은 즉 묘한 향이 먼저 사라진다.”

評曰

평 왈

평하여 말한다.

採盡其妙 造眞其精 水得其眞 泡得其中

채 진 기 묘　조 진 기 정　수 득 기 진　포 득 기 중

“채취에는 그 묘함을 다하고, 만듦에는 그 정성을 다한다. 물은 진수를 얻
어야 하고, 우림은 중정(中正)을 얻어야 한다.

体与神相和 建与灵相併

체 여 신 상 화　건 여 영 상 병

체(물)와 신(차)이 서로 어우러지고 건(성분)과 영(효능)이 서로 나란하니,

至此而茶道盡矣

지 차 이 다 도 진 의

이에 이르면 다도(茶道)는 마친 것이다.”

此而茶道盡矣

一傾玉花風生腋身 陳簡齋茶詩 嘗此玉花句

輊己泆上清境

盧玉川茶歌唯覺

兩腋習習生清風 明月為燭

一	傾	玉	花	風	生	腋
한 일	기울 경	옥 옥	꽃 화	바람 풍	날 생	겨드랑이 액

옥화차 한 잔 기울이니 겨드랑이에 바람 일어나고

一	傾	玉	花	風	生	腋
一	傾	玉	花	風	生	腋

제30송 제2구 (62句)

身	輕	已	涉	上	淸	境
몸 신	가벼울 경	이미 이	건널 섭	위 상	맑을 청	지경 경

몸은 가벼워져 이미 상청경(上淸境) 건넜구나

身	輕	已	涉	上	淸	境
身	輕	已	涉	上	淸	境

陳簡齋 茶詩
진 간 재 다 시
진간재(陳簡齋)의 다시에,

嘗此玉花匂
상 차 옥 화 내
"이 옥화차 향기 맛보았네"라 하였고

盧玉川 茶歌
노 옥 천 다 가
옥천자(玉川子) 노동(盧仝)의 다가에,

唯覺兩腋習習生淸風
유 각 양 액 습 습 생 청 풍
"오직 두 겨드랑이에 맑은 바람이 솔솔 이는 것을 알리라"고 하였다.

- 陳簡齋(진간재) 진여의(陳與義, 1090~1138). 지금의 하남성 출신으로 남송 때 시인.
- 盧玉川(노옥천) 노동(盧仝, 795~835). 호(號)가 옥천(玉川)이며, 당나라 하북 탁현(琢縣) 출신이다. 여기 나오는 그의 '다가'는 소위 〈칠완다가〉로, 맹간의가 햇차를 보내준 데 대하여 감사하는 마음을 적은 시이다.
- 習習(습습) 솔솔.

屬玉川茶歌唯覺
兩腋習習生淸風
明月爲燭

無爲友白雲鋪席因作屛竹

籟松濤俱蕭涼淸寒瑩骨心

肝惺惺惟許白雲明月爲二客

道人座上以爲勝
飮茶之法
客衆則喧

喧則雅趣索然
師嚅日神二
客日勝三四日趣五六日泛

七八日
泄也

明	月	爲	燭	兼	爲	友
밝을 명	달 월	할 위	촛불 촉	겸할 겸	할 위	벗 우

밝은 달은 촛불 되고 겸하여 벗도 되며

明	月	爲	燭	兼	爲	友
明	月	爲	燭	兼	爲	友

白	雲	鋪	席	因	作	屛
흰 백	구름 운	펼 포	자리 석	인할 인	지을 작	병풍 병

흰 구름은 자리 펴고 인하여 병풍도 되네

白	雲	鋪	席	因	作	屛
白	雲	鋪	席	因	作	屛

竹	賴	松	濤	俱	蕭	凉
대 죽	힘입을 뢰	소나무 송	큰 물결 도	함께 구	맑은 대쑥 소	맑을 량

대숲 바람 솔바람 모두 소슬하고 청량하여

竹	賴	松	濤	俱	蕭	凉
竹	賴	松	濤	俱	蕭	凉

제31송 제4구 (66句)

清	寒	瑩	骨	心	肝	惺
맑을 청	찰 한	맑을 영	뼈 골	마음 심	간 간	깨달을 성

맑고 찬 기운 뼈를 맑게 하고 심간(心肝)도 깨어난다네

清	寒	瑩	骨	心	肝	惺
清	寒	瑩	骨	心	肝	惺

唯	許	白	雲	明	月	
오직 유	허락할 허	흰 백	구름 운	밝을 명	달 월	
爲	二	客				
할 위	두 이	손님 객				

흰 구름과 밝은 달을 오로지 두 손님으로 맞이한

唯	許	白	雲	明	月	
爲	二	客				
唯	許	白	雲	明	月	
爲	二	客				

道	人	座	上	此	爲	勝
길 도	사람 인	자리 좌	위 상	이 차	할 위	좋을 승

도인의 찻자리, 이것이 승(勝)이로다.

道	人	座	上	此	爲	勝
道	人	座	上	此	爲	勝

陰茶之法
음 다 지 법
(『다신전』의)「음다」편에,

客衆則喧 喧則雅趣索然
객 중 즉 훤 훤 즉 아 취 삭 연
"손님이 많으면 곧 어수선하고, 어수선하면 곧 아취가 없어진다.

獨啜曰 神 二客曰 勝
독 철 왈 신 이 객 왈 승
혼자 마시는 것을 신(神)이라 하고, 손님이 둘인 것을 승(勝)이라 하며,

三四曰 趣 五六曰 泛
삼 사 왈 취 오 육 왈 범
서넛은 취(趣)라 하고, 대여섯은 범(泛)이라 하며,

七八曰 施也
칠 팔 왈 시 야
일고여덟은 시(施)라 한다"고 하였다.

백파거사 제

艸衣新試綠香煙盫舌初

纎縠兩前薁數丹山雲澗

月滿鐘雷笑耳延年

白坡居士題

艸衣新試 綠香煙

초 의 신 시 녹 향 연

초의선사가 차를 새로 우리니 푸른 향기 피어나네.

禽舌初黴 穀雨前

금 설 초 섬 곡 우 전

곡우전(穀雨前) 찻잎이라 작설(雀舌) 같이 섬세하네.

莫數丹山 雲澗月

막 수 단 산 운 간 월

말하지 마라, 단산(丹山)의 운감차(雲龕茶)와 월간차(月澗茶)를.

滿鍾雷笑 可延年

만 종 뇌 소 가 연 년

찻잔에 가득 찬 뇌소차(雷笑茶)는 수명을 연장한다네.

白坡居士 題

백 파 거 사 제

백파거사가 제(題)하다.

• 白坡居士(백파거사)　신헌구(申獻求, 1832~1902). 조선 후기 문인으로 초의선사 말년에 일지암
　에서 인연을 맺어 『일지암시고(一枝庵詩稿)』에 발문(跋文)을 썼으며, 현재의 『동다송』을 필사(筆
　寫)했다.

참고문헌

『다신전』(태평양박물관본), 『동다송』(태평양박물관본), 『다경』(백천학해본)

조기정·박용서·마승진, 『차의 과학과 문화』, 학연문화사, 2016

석성우, 『다도』, 한겨레출판사, 1981

김명배 역, 『조선의 차와 선』, 선유문화사, 1991

석용운, 『초의선사의 차향기』, 도서출판 초의, 2012

정민·유동훈, 『한국의 다서』, 김영사, 2020

전재인, 『사진으로 읽는 다신전』, 이른아침, 2018

전재인 외, 『한국 다도 고전 동다송』, 이른아침, 2020